夜不語
詭秘檔案

夜不語

詭秘檔案

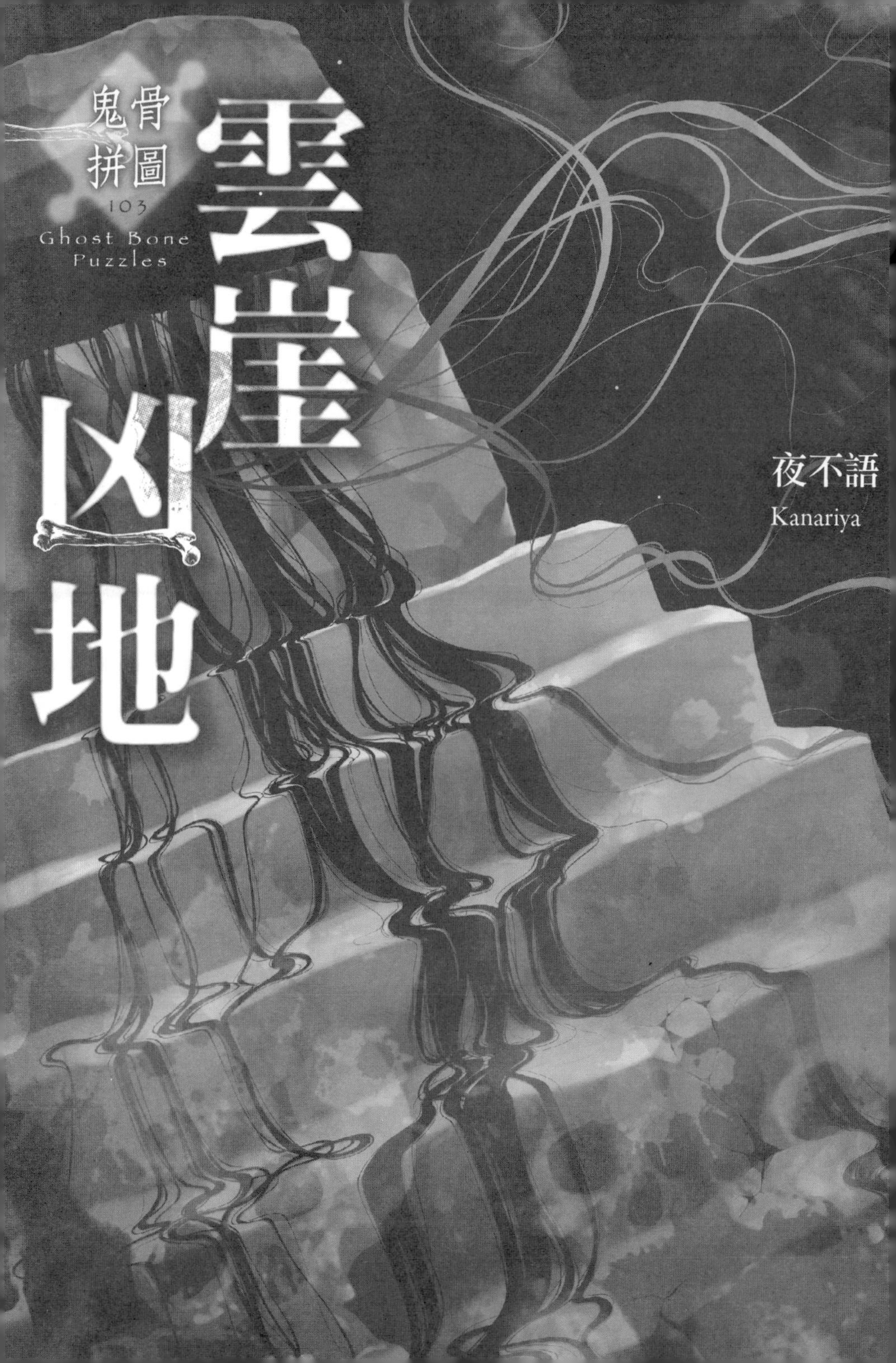
鬼骨拼圖
103
Ghost Bone Puzzles
雲崖凶地
夜不語
Kanariya

CONTENTS

作者自序

本來坐在電腦前，一個字，一個字的敲打鍵盤，寫著諸位捧在手裡的《鬼骨拼圖103》的時候。

突然接到一通電話。

放下手機的我，站在窗戶前，久久沒有言語。

剛剛出版社通知我，《夜不語詭秘檔案》簡體版第三部已經準備出版了。隨著它的出版，此系列的總銷量，十二年時間，已經超過四百五十萬冊。

這個數字在一些超級暢銷小說而言，不算大。

但是對從小眾恐怖文學為起點的《夜不語詭秘檔案》系列而言，卻絕對不算小。

說實話，《夜不語詭秘檔案》這本書會成長到今天這模樣，自己自始至終都沒有想到過。因為，當初的寫作，不過是消遣空虛無聊人生的某一種嘗試而已。

記得美國的社會學者布魯范德曾經為「恐怖」下過定義，他說許多恐怖的故事往往都是從某人口中所謂的「朋友的朋友」開始的。

事實上如果仔細一想，確實如此。

朋友的朋友說某個地鐵站台前的寄物櫃會帶來厄運；朋友的朋友說如果不關好門就會有空隙女鬼鑽進來割斷你的脖子；朋友給了你一封信，說是朋友的朋友給他的，如果你不在一個禮拜之內將同樣的信件寄出去十份，就會死掉。

都市恐怖傳說大多如此。

很巧合的是，本人成為作家的偶然，也是從朋友的朋友開始的。

一切，都要從一九九九年，說起。

那一年，我高中畢業了。無聊，鬱悶，高考分數不多。然後一如所有有一點屁錢的家庭子女般，老爸讓我選擇到底是去讀書，還是去讀書，還是去讀書。

你妹的，既然三個選擇項都是去讀書，那我還有真正的選擇嗎？

老爸說：「你有。你可以選擇去哪個國家讀。」

於是根本就無心讀書，也無力操縱自己人生的我，賭氣的隨手撥動茶几上的地球儀。

地球儀不停旋轉，我不知道它一共旋轉了多久。但是至今我還難以忘記，那個單薄的地球儀旋轉的哪裡是它自己，分明是滾動著我的人生。

當自己的手指阻止它繼續轉下去的時候，指尖接觸到的地方，便是荷蘭。

兩個月後，我去了荷蘭……

其實至今我都不清楚，去荷蘭到底是對還是錯，不過那長達四年的留學生活，確實徹底的改變了我的一切。

在荷蘭期間，由於學業輕鬆卻煩悶、生活一直都是平靜無波，沒有任何意義的。所以我想尋找刺激。刺激往往是治療無聊這種病症最好的特效藥。以喜歡閱讀的我當時的條件，刺激不外乎尋找恐怖和爆笑電影。

恐怖小說，特別是本土恐怖小說，屬於稀有資源。

於是在看完了一部又一部的恐怖電影後，自己也逐漸產生了動筆寫一些驚駭小說的念頭。

這本小說的第一個讀者，是朋友的朋友，Selina。

「小夜，知道什麼叫『バガ』嗎？在日語中，它代表著蠢材、笨蛋。我不太懂日語，但是也知道，將它溫柔緩慢的唸，可以表示某種不解風情或者不識趣的人。這種『バガ』的人，在我的朋友中，你算是典範了。」

這句話，Selina 常常對我說。整個大學生涯，我們的關係真的很複雜。知己？還是情侶？

我，不清楚。

但偏偏是 Selina 這位朋友，引導我走上寫作的路。Selina 很漂亮，她是我的作品《奪命校舍》中黎諾依的原型。

認識她，是在大一的時候。那時我在比利時的大城布魯塞爾，而她在荷蘭的西陲城市 Vlissingen。

說起來這兩個國家感覺似乎很遙遠，其實只不過是隔海相望，坐餐船一個半小時就到了。她是我朋友的朋友，朋友偶然介紹我們認識的。

認識後，我們也只是偶爾在 QQ 上聊幾句。一直都是泛泛之交。

直到有一天，她交往多年的男朋友向她提出分手，Selina 越想越沮喪，然後生平第一次喝了些酒，上網向我哭訴。還不斷的問我人活著到底有什麼意義，既然那麼痛苦，還不如一死了之算了。

我耐心開導了她一會兒，見沒有效果，就下了線。

三個小時後，我站在她的房門外。此後，我們成了真正的朋友。

寫作，其實比無聊的生活更加枯燥。但是剛開始寫作的人，總是充滿了沸騰的熱血，總以為自己能將這股激烈的動力一直延續下去。

所以寫作，更像是愛情。終究有一天，會落下帷幕。我如火如荼的開始抽課業輕鬆時，寫了一篇恐怖小說，取名為〈我的遇鬼經歷〉。

而主角的名字，用了我的QQ網名，夜不語。沒想到在榕樹下一發表，頓時就紅了。光一天點擊率，就達到了十多萬。

其實作為主角「夜不語」，這個名字，根本就沒什麼意義。單純只是覺得喜歡而已。經常來我家串門子的Selina會在我忙碌的時候幫著做飯，她看完我的第一篇小說，立刻拍案叫絕，嚷嚷著要我多寫一些。

於是我又寫了一篇長篇，是關於《碟仙》的故事。

二〇〇〇年的秋天，網路文學實在是太貧乏了，尤其是恐怖小說。饑渴的讀者們，饑渴的尋求任何一篇可以讀來朗朗上口的故事。他們的熱情，也極大的鼓勵了我。我的創作熱情，被持續點燃。緊接著，自己的文字在榕樹下，在龍的天空，在幻劍書盟，開始連載。更新不多，但是簇擁的粉絲卻越來越繁茂，開枝散葉。

一切，似乎都朝著良性方向發展。

自己的文字，被數千家網站轉載。二〇〇〇年冬，我感覺到了壓力，因為筆下的小說已經停不了了，一停止更新就會被人罵。

同樣陷入深谷的，是我的感情。

我和 Selina 認識的半年後，學校因為交換學生，Selina 來到了我就讀的大學。難得她興沖沖的將這個消息告訴我，自己只是心不在焉的說：「Selina 啊 Selina，人家交換學生都是儘量朝英國、美國和德國跑，而且還要越遠越好。妳居然只是從河左邊交換到了河右邊，難道妳暗戀我？」

就如同我常常自嘲的那樣，我從來都不懂女人。甚至到如今，也從沒搞懂過這種生物。

Selina 在話筒的那頭沉默了許久。最後輕聲說：「是呀，我愛你。」

然後，掛斷了電話。之後的事情變得眼花繚亂，不想再提及了。

唉，發散性思維又在作祟，自己都不知道這篇序寫那麼長，有啥意思。算了，當是緬懷過去吧！二〇〇三年，自己的小說開始出版。一眨眼，居然已經過了十二年。

當初連載過《夜不語詭秘檔案》系列的網站，龍空被收購，幻劍倒了，鮮網也沒了。說不盡的歲月滄桑，滄海桑田。

不變的是，這個系列並沒有結束。

《夜不語詭秘檔案》系列，全球銷量超過四百多萬冊，用了十二年。誰知道諸位手中捧著的《鬼骨拼圖》系列超過四百萬冊，又需要多久呢？
恐怕，並不需要多久吧！

夜不語

人物簡介

秦思夢：跟我同校的大四學生，校花。被詛咒了，只剩不到四天可活。

周偉：大學籃球社社員。已死亡。

趙雪：本是普通的大學生，可是卻在遇到某件可怕的怪事後，改變了整個人生。

孫喆：被我取了個綽號叫猴子。歪貨法醫，為人膽小，操著一口四川話。同樣被詛咒了。

老五：據說是大豐神陵墓其中一個鎮壓墓的守陵人，這個人，不簡單。

我：我叫古塵。本書的主角。聰明也無趣的一個人，整天板著一張臉。智商高，喜歡民俗學，知識豐富。除了耐人尋味的性格以及稍微有些冷情外，其他一切都算得上完美。唯一的缺點，是個財迷。

雲崖凶地

古人對不瞭解的，超自然的現象，從來都是以敬稱來稱呼。所以所謂的「大豐」，對應的應該是「大凶」。而「大凶」，在四川古語裡，民俗上稱之為「階」，是天災人禍的總稱。

但是「大豐神陵墓」究竟是怎樣的存在？古人為什麼會耗盡心思，不惜動用數十萬人，修建起三個碩大陵墓將其鎮壓？

而三個鎮壓陵墓都如此凶險，那麼最後的主墓究竟會在哪？

不錯，這是個要命的問題！

楔子

峨眉，千屍崖。

一九二七年，夏。

一行為數百人的隊伍，吃力的抬著一個用紅布遮蓋的碩大物體，往千屍崖上爬。那物體似乎極為沉重，哪怕這一百多人用上了吃奶的力氣，也爬得很緩慢。

峨眉山的眾多山峰，恐怕就屬這千屍崖最高且陡峭。

十五歲的劉娃兒用破布抹了抹腦殼上的汗，問旁邊的爺爺：「爺，咋個這座山叫千屍崖？聽起來怪駭人的？」

「瓜娃兒，現在這山崖，已經不叫千屍崖了。」爺爺愛憐的摸著他的頭：「自從咱們自流井出了一位演空大師後，峨眉這座山崖，就改回原名捨身崖囉。」

劉娃兒眨巴著眼：「我就覺得奇怪了，峨眉明明是座靈山，仙人住的地方。居然有個叫千屍崖的怪地方。難道以前這裡死過一千個人？」

「這我就不曉得了。據說咱們演空大師火眼金睛，曾經一眼便看到千屍崖上戾氣層層，於是他老人家發下宏願，要將濁氣戾氣化為清氣，還峨眉一個清淨地。」

爺爺自豪的看著架子上的碩大物體：「這不。演空大師果然是自家人，如此積陰德的事情，也不忘了老家。這東西，還是大師親自下山，要求老家人打造的。這可是福延三代的善舉！

「娃兒，爺爺老了，享不了多久的福。咱家的福，就全歸你了。」

劉娃兒笑了笑，他才十多歲，對於什麼叫福氣，根本就還無法理解。能夠有飯吃，隔一天吃上一坨肉，或許對他而言就是幸福了吧。

「爺爺，轎子上到底是啥東西。大家都神秘兮兮的，從不談起。」山太陡峭了，爬著很累。劉娃兒安靜了一會兒，又對車上的東西好奇起來。

也不由得他不好奇。從四川富順縣自流井，將這幾千斤重的沉重神秘物體運到峨眉。他們一百多人足足走了半個多月。可車上的到底是啥，卻從沒有人提到過。似乎，光是說說，都是一種禁忌。

爺爺突然緊張的捂住了他的嘴：「噓，別亂說話。車上的東西，到了三霄寺，紅布一揭開，你自然就曉得了。」

劉娃兒吐了吐舌頭，少年人的好奇抓撓得他心癢得厲害。

千屍崖足足有三千多公尺，哪怕是位於半山腰的三霄寺也有接近兩千公尺的海拔。越是往上爬，頭頂翻滾的雲層越是低矮。似乎只要一伸手，就能摸到那一絲絲如白棉花般的雲朵。

上山的路由青石板鋪就，很狹窄。一百多人費了九牛二虎的力氣才將轎子上沉重的東西運上去。剛到平坦的地方，就遠遠看到演空大師帶著一眾徒弟站在路的盡頭，焦急的張望個不停。

劉娃兒精神一振。演空大師不愧為大師，穿著金色的袈裟，慈眉善目，低垂的眼睛裡冒出的精光剛落在轎子上，只那一眼，就再也沒有移開過。

「大師，幸不辱命。得我們自流井數萬善男信女捐獻，花了一整年，才將它鑄造出來。」劉家是自流井大姓，這一次將車上物體送上千屍崖，便是族長親自帶隊。平日威嚴的族長劉邦安虔誠的跪在演空大師跟前，一臉得意。如此積陰德的事情，被他劉家攬下了。今後三霄寺成，他劉家自然也會福衍萬壽。

演空大師微微做了個佛禮，便讓徒弟們將鄉親迎入三霄寺中好生接待。

劉娃兒一直在看著大師。他覺得演空大師的臉色有些怪，而落在車上的眼神，更是古怪。

一行人魚貫來到了三霄寺前。眾人看到那碩大輝煌的寺院門，都非常震驚。劉娃兒年齡尚小，經歷也少，哪裡見過如此恢弘的建築。只見這三霄寺依山而建，門前古木參天，茂密蒼鬱，寺後高岩直入雲霄。

還未入門，就能看到兩根高聳達十幾公尺的七佛柱插在門口佛場上。這兩根七稜形立柱，頂部的石刻蓮花迎著雲盛開，極為壯觀。

爺爺見劉娃兒驚訝的回不過神，得意的解釋道：「這三霄寺背靠的三霄洞，傳說是《封神榜》裡雲霄、瓊霄、碧霄三位女仙的修煉之處。從前荒無人煙，直到咱們演空大師化緣修路，才在這處仙境修建了廟宇。據說裡邊不只供奉著三位仙女，還供奉著一尊從瓷都景德鎮請來的觀音大士寶像。」

劉娃兒叩了叩腦殼，他哪怕見識不多，也曉得要在海拔兩千公尺的地方修出這座寺廟，究竟要多大的毅力和財力。不由得也為自流井出了個演空大師而驕傲。

大家震驚歸震驚，終究還是魚貫進入寺廟中。相對於廟門，三霄寺內的建築就沒有那麼顯眼了，甚至，和別的寺廟也沒什麼不同。演空大師讓鄉親將轎子抬入院裡中庭。那裡供奉著三仙女的雕像。

中庭空空蕩蕩，只聳立著三座佛堂，三位女仙寧靜而安詳。中庭的最中央一座鐘樓陡然拔起，不過鐘樓裡，卻沒有鐘。

眾人按照指揮，將轎子放下。數百人抬動的大轎子一落在地上，鬧出了老大的動靜。幾千斤重量壓在青石板上，餘音嫋嫋，經久不絕。

演空大師聽到聲音，眼珠子更亮了，不由大讚了三聲，「好！好！好！」

說完就幾步上前，將轎子上蓋著的紅布用力一扯。紅布掩蓋的東西，終於顯露出了形體來。

本來早就好奇的劉娃兒眼睛一眨不眨，看得極為起勁。可是當真相揭開後，他反而大失所望。轎子上擺著的居然是一口鐘。

大鐘！

那口幾千斤的大洪鐘由青銅鑄成，在陽光下閃爍著燦爛的顏色。

劉娃兒眨巴著眼，心裡暗道，格老子，還以為是啥子好東西，不過就是一口新鑄的鐘罷了。為了這個自流井的鄉親們居然絕口不提的裝神秘，簡直是丁丁貓兒變的，除了眼睛沒得臉，都他娃娃的太不厚道了。

「大師，您看這口鐘如何？」族長劉邦安走到演空大師身旁，低聲道。

演空大師用手敲了敲鐘面，聽著那清脆的聲音點點頭，「滿意，太滿意了。寺廟無鐘不成寺，只要掛上這口浮屠鐘，三霄寺便算落成。」

說完又望了一眼天色，「天色不早了，眾位鄉親今晚就在本寺休息吧。空名，備上好的齋飯款待。」

一個不到二十歲的小僧侶連忙小跑著離開。

說話間，正是太陽落山的時候。夕陽染紅了頭頂的層層白雲，如同燒紅的火焰，煞是美麗。當最後一絲餘暉好巧不巧的刺破雲朵，照射在廟中央靜靜呆立的浮屠鐘上時。不知是不是錯覺，劉娃兒竟然看到鐘上爬出了一絲詭異。

他打了個冷顫，一股惡寒不知為何從腳底爬了上來。咋個回事？明明是高寺大廟，怎麼會有如此陰冷邪惡的感覺？

難道真的是錯覺？

劉娃兒搞不懂，也就沒有再多想下去。勞累了半個多月的鄉親們受到了熱烈的款待，吃好喝好後，早早睡去。

睡到半夜，劉娃兒被尿意逼醒，也不知道是什麼時辰。他搖搖腦袋，在黑暗中摸索著，朝茅坑摸了過去。

剛一出門，他就看到一絲燈光，如同鬼火般向著三霄寺背後飄。借著微弱的火光，劉娃兒眼尖的發現居然是演空大師和他的一眾徒兒。大師走得很焦急，臉上陰晴不定，似乎發生了什麼可怕的事情。

劉娃兒好奇得很，尿也不撒了，偷偷的跟了過去。

三霄寺剛修好不到一年，由於沒有浮屠鐘，還不能稱為真正的寺廟。廟裡的人很少，只有演空大師和他十多個弟子居住。大師現在身旁就跟著十來個人，偌大的廟，竟頓時空蕩蕩無遮無攔起來。

演空大師不知為何事愁眉不展，就連臉上的肉都壓得很低，腳步也異常的快。劉娃兒少年心性，越看越好奇，一不小心就跟著那群人走過了仙女宮，穿過了觀音殿。

大師一眾腳步不停，從觀音殿背後的一條小路走進去，穿入樹林中。

一路行去，劉娃兒居然有種心驚肉跳的感覺。明明是佛殿，但是周圍竟然陰風陣陣，說不出的恐怖。陰冷的風從四面八方吹拂過來，就像寺廟中的每一尊菩薩和羅漢像，都充滿噬人的惡陰，如同一個個躲藏在黑暗陰影中的怪物。

沒多久，演空大師他們在一個黑漆漆的地方停下了腳步。劉娃兒定睛細看，卻始終看不清楚那團黑漆漆的東西究竟是什麼。這時，正好天上的雲被風吹開，一絲月光流淌下來。

他總算看到演空大師站著的地方，到底是哪裡了。那居然是一個洞，洞口足足有五公尺高，六公尺寬，哪怕是隔得老遠。劉娃兒也能感覺出洞裡有著什麼在「唰唰」的往外灌著更加刺骨的寒風。

劉娃兒被那股陰風一吹，全身上下止不住的打擺子，抖個不停。他老覺得洞中，似乎隱藏著啥子可怕的東西。

難道這裡就是三霄洞？傳說中三仙女得道成仙的地方？可明明是神仙曾經居住過的洞穴，為什麼會給人如此可怕的感覺？

劉娃兒沒辦法理解，也沒來得及想太多。不遠處，猶豫了幾秒鐘的演空大師邁開腳步，往洞內走去。

當所有人都進去後，劉娃兒才慢慢往裡邊溜。內心的好奇如同一千隻螞蟻不停的啃咬心臟。難道這個新建成的寺廟，藏著什麼秘密不成？看演空大師的模樣，似乎這三霄洞裡有問題！

三霄洞內每隔幾公尺就有一盞點燃的油燈，油燈的火光被洞裡的陰風吹得搖晃不停，但始終沒有熄滅。劉娃兒看著直皺眉，不曉得燈油是啥子做的，居然如此經得住燒。

深入洞穴幾十公尺後，他猛地停住了腳步，小心翼翼的躲到身旁的一塊岩石邊上。只見不遠處，演空大師眾人正坐在一塊鐘乳岩下，每個人都眉頭緊鎖，似乎在等待著什麼！

不久，一個人影從洞穴深處跌跌撞撞的跑了出來。那人影似乎受傷了，走起路來不太靈活。好不容易跑到燈光下，劉娃兒只看了一眼，就不由得倒吸了口冷氣。

那是個大約十三四歲的小沙彌，臉色煞白彷彿蒙了一層白霜，而蒼白的皮膚下，無數血管鼓了起來，血管裡流著的不是紅色的血，而是黑色的液體。小沙彌不停的使勁兒吸氣，胸膛起伏的頻率比正常人高了好幾倍。他拖著自己的右腿，掙扎著來到演空大師身前。

徒弟空名連忙幾步走上去，正準備扶起那個小沙彌。演空大師視線一掃，連忙喝道：「別碰他。」

空名愣了愣，一臉哭相，「師傅，小師弟像是要死了？」

劉娃兒看過去，果然那小沙彌在轉眼間，彷彿漏了氣似的，氣是只有出沒有進。臉上的白霜也開始逐漸往脖子底下爬。

「死不了。把袋子拿過來！」演空大師厲聲道。空名應了一聲，從洞穴右側拿了個麻布袋子。

劉娃兒這才發現洞穴那一側，居然密密麻麻的堆滿了許多麻袋。每個麻袋都鼓鼓脹脹，裝滿了東西。

將麻袋打開的演空大師俐落的從袋子中抓出了一把米。劉娃兒眼皮抖了抖，這居然不是一般的米，而是糯米！

演空大師拿糯米來幹嘛？而三霄洞裡囤積的麻袋中，難道都是糯米？這太令人費解了！

很快劉娃兒就曉得糯米的用處了。演空大師將手裡的糯米使勁兒的按在小沙彌受傷的腿上。只聽到一股令人毛骨悚然的「嗤嗤」聲，潔白的糯米以肉眼可見的速度變黑。

小沙彌腿上的肉開始腐爛，不停往外蒸騰熱氣。

劉娃兒看在眼中，嚇得險些叫出聲音。這算咋個回事？小沙彌的傷口能污染糯米，再回憶著小時候爺爺經常講的怪談，難道這三霄洞中有……殭屍？

小沙彌是被殭屍抓傷了？

演空大師不停將糯米往小沙彌腿上敷，隔了好久，小沙彌臉上的白霜才稍微消退了一些，從昏迷中清醒過來。

「東西拿到了嗎？」自己最小的徒弟剛一清醒，演空大師就急切的問。

小沙彌似乎被糯米敷得很痛，吃力的搖了搖腦袋：「師傅，我進不去。只走了幾百公尺就有老礦跳出來。」

老礦？這不是四川人對墳墓裡千年不腐爛的屍體的稱呼嗎？劉娃兒的眼皮跳得更厲害了。他隱隱覺得這三霄洞裡的秘密有些不同尋常，而這演空大師也不像表面上那麼簡單。劉娃兒強壓住好奇，想要不聲不響的退回去告訴爺爺。

可是他剛一往回走，就踩出了動靜。

演空大師臉皮一跳，厲聲道：「誰！」

劉娃兒再也顧不上隱藏形跡，嚇得拔腿就逃。但是任憑他跑得再快，還是讓大師的一眾徒弟給堵住了。沒一會兒，他就五花大綁的被扔在演空大師跟前。

「師傅，這小子似乎看到了些東西，留不得。」空名猶豫著問：「要不把他扔到後邊的山崖下？」

演空大師一掃臉上的慈祥，得道高僧的模樣也沒了蹤跡。他只是一聲不吭的看著劉娃兒，當看到劉娃兒的印堂時，猛地眼中精光一閃：「不用。將他丟到洞裡去！」

一眾徒弟立刻領命，將劉娃兒扔到了三霄洞背後一個只能容十多歲的瘦弱小孩通過的洞中。

劉娃兒只感覺一股陰冷感侵入了四肢百骸，無窮無盡的戾氣在四周翻騰，彷彿只要一個呼吸，就能將他吞噬殆盡。他掙扎著站了起來，往回看了一眼，演空大師的徒弟們個個面無表情的死死盯著他。

嘆了口氣，劉娃兒心頭清楚，只有朝深處走才是唯一的生路。於是他邁開步伐，一步接著一步，小心翼翼、心驚膽顫的朝陰森洞穴的深處走去。

第二天一早，只有劉娃兒的爺爺發覺自己的孫兒不見了。爺爺連忙去找族長劉邦安。但是劉邦安正心煩銅鐘的事情，今天要幫演空大師把那口重達千多斤的浮屠鐘掛到高達十幾公尺的鐘樓上。那可是件大工程。

只要浮屠鐘一掛，三霄寺便算真正建成。到時候每一個人都少不了為自己的子孫後代積累陰德。他劉家，肯定能福延萬代。所以對劉娃兒的失蹤，他沒有太放心上。

劉娃兒的爺爺心急如焚，逮著幾個在自流井老家要好的鄉民在整個三霄寺內到處找。但是始終沒找到自己孫兒的蹤跡。

一直到了下午三點過後，村民才將上千斤的浮屠鐘吊上鐘樓，掛起。演空大師志得意滿，很是高興。他的一眾徒弟也圍著鐘樓，嘴皮子翻動，不停唸叨佛號經典。

族長劉邦安湊上來，諂媚的對大師說：「演空大師。我們劉家有許多戲班子出身的。現在三霄寺的鐘也掛上去，只差敲響了。要不，咱們在鐘樓下唱一齣板凳戲[1]，熱鬧熱鬧。也算是替大師賀喜了！」

演空大師一聽，覺得這確實是件大喜的事情。自己一輩子的辛勞付出，為的就是三霄寺的建成，便樂呵呵的點了點頭，「要唱，就唱一折《三霄大擺黃河陣》，以顯三霄娘娘在黃河陣上的威風。」

「好咧！」劉邦安拍拍手，讓戲班子的各位鄉親準備好，就開始熱鬧的唱起了板凳戲來。好一陣的叫好聲不絕於耳，鬧得整個三霄寺上圍繞的陰冷，也消退了不少。

但是沒有人察覺到，寺廟背後的三霄洞，似乎在醞釀著一股難以言喻的詭異戾氣。

而劉娃兒的爺爺，也終於在一個同鄉的幫助下，找到了劉娃兒的蹤跡。那位同鄉是遠近聞名的捕獵能手，善於跟蹤野獸腳印。順著昨晚劉娃兒留下的腳印，他們走走停停，來到滿是邪惡氣息的三霄洞前。

看到那黑漆漆的洞口，兩人同時打了個冷顫。三霄洞裡陰風四溢，不停翻湧著寒意。猶如噬人的怪獸般，張大嘴巴，等待將一切進入的人吃進胃袋裡。

「好強的瘴氣。」同鄉渾身抖了抖，哪怕是被烈日曬著腦袋，他也絲毫沒有任何的安全感，「我抓了一輩子的野獸，還從來沒有遇到過這麼可怕的地方。咋個三霄寺背後的三霄洞會如此可怕？」

劉娃兒的爺爺沉默的看著洞口一會兒，才道：「老鄉，你確定我孫兒進去了？」

「百分之百肯定。你看，腳印上的雨露都還沒乾呢，肯定是昨晚四更天[2]進去的。」同鄉篤定道。

爺爺嘆了口氣，眼睛直勾勾的看著洞口，始終沒敢一個人進去，「還是去多叫一些人來，我們再進去找找。」

不知為何，光是看這陰森的洞穴，就令人徹骨生寒，恐懼難當。

---

[1] 板凳戲：板凳戲是一種地方小戲種，地方不同演繹也不一樣，但大都是由人們自編自演。人們聚集在一處寬敞的室內或者室外，中間放幾條板凳，一套鑼鼓，便能熱熱鬧鬧的唱幾齣戲。

[2] 四更天：凌晨一點到三點之間。

爺爺和同鄉最後叫上了七十多個鄉親去搜索劉娃兒。於是來自自流井的一百多人分成了兩批。一部分繼續唱板凳戲慶祝演空大師的三霄寺落成，而另一部分則深入三霄洞找人。

《三霄大擺黃河陣》這一折戲唱完，演空大師在眾徒弟和自流井劉家人的注視下，緩緩的登上鐘樓，拿起鐘槌，用力敲在浮屠鐘上。

數千斤的碩大青銅鐘被敲響，悠揚清脆的金屬撞擊聲遠遠的傳播了出去。聲波似乎被什麼神秘的力量束縛了，並不是呈現輻射狀，而是變成漏斗狀。大量的聲音，竟然朝寺廟背後的三霄洞流了進去。

但是圍在鐘樓下的人聽而不聞，仍舊拍手歡呼。

「三霄寺成，福氣東來！」演空大師大喝一聲，再次揮動鐘槌，將浮屠鐘敲響。

就在這時，似乎地震了般，整個千屍崖都抖動了一下。

「咋個了？」所有人都被嚇了一大跳。劉安邦抱著腦袋，驚訝道：「地震了？」

「不是地震！」有人遲疑的回答：「地震是連續的。可是剛剛明明只搖晃了一下，像是啥子東西撞到了捨身崖。」

「咋個可能嘛。捨身崖三千公尺高，有啥子東西能撞得動它！」劉邦安根本不相信。但是剛才短暫的非地震引起的地動山搖，顯然有些超越了他的常識範圍。

他腦袋一轉，突然道：「難道是陰德積滿了，福氣來了的預兆？」

話音剛落，就看到自己身旁一個同鄉渾身發抖，顯然是嚇得不輕。劉邦安奇怪道：「你在搞啥子，怕啥子怕？一臉見鬼的模樣？」

「族長，你，你看。」同鄉聲音都在打顫，好不容易才吃力的抬起右手，指了指劉邦安的身後。

劉邦安背後是三霄殿。

只見三間佛堂中供奉的雲霄、瓊霄、碧霄三仙女的寶像，似乎全變了。原本慈祥奪目的面容變得猙獰可怖，眼睛中甚至流出了一絲一絲紅色的液體。

菩薩流血淚！

菩薩竟然流出了血淚！

難道要發生啥子可怕的災難了？

劉邦安只感覺一股惡寒從腳底爬上了後腦勺，他兩條腿都在打顫。本能的想逃，卻渾身無力的一動也不能動。眼巴巴的看著三仙女的寶像變得越發的陰森。

三尊神仙泥像上的金線開始剝落，白色的仙女羽衣也開始融化，最後竟然只留下了三個面目全非，彷彿沒有皮膚，只剩下有著密密麻麻黑色血管的怪物。

就在三仙女腳底最後一絲金線「唰唰」的掉落在地上時，三霄寺後邊的三霄洞中，猛然爆發出巨大的炸響……

這也是劉邦安昏迷前，聽到的最後的聲音。

根據當時春城報紙《新新新聞》記載，一九二七年夏天，峨眉縣捨身崖三霄洞內發生了一起詭異的案件。當三霄寺浮屠鐘響起的瞬間，峨眉山突然陰雲密佈，鬼哭狼嚎。來自自流井的七十二個鄉民，在不到五分鐘的時間內，通通慘死洞中。一個個四肢扭曲、面目猙獰，就像被泥坑活埋後挖出的死人。

峨眉縣縣長吳鴻壽因對峨眉山管理不善，瀆職引咎，丟掉了烏紗帽。

哪怕是如今，儘管峨眉山上遊人如織，但峨眉旅遊管理局還是不准遊客到捨身崖的三霄洞去遊玩……

因為當地人清楚得很，三霄洞從一九二七年三霄寺的鐘聲敲響過後，就變成了名符其實的，只能進不能出的——

死亡之洞！

而劉娃兒的屍體，至今仍舊沒有找到。

第一章◆鬼山抓老五

「老古，你真的可以肯定，肯定，肯定，老五那仙人板板[3]傢伙會自己跑進咱們的陷阱？」猴子孫喆這個天然呆歪貨[4]法醫蹲在草叢裡，嘴中流裡流氣的咬著一根草莖，大大咧咧的問。

這裡是張家莊，一個數千年來世代都以種植蘑菇為生的村子。不過隨著時代的轉變，張家莊的青壯年幾乎都已經離開，只剩下些老人居住。

蘑菇自然也沒有人種了。而就我收集到的信息顯示，自從老五央求自己的爸爸替他種血頭菇後，最後一批會種蘑菇的張家莊元老，再沒有人回來過。

不知道他們幾個在種蘑菇的時候究竟發生了什麼，竟然弄得老五親手殺了自己的老爹，也僅僅剩下他一個人還活著。甚至被人扔進了茅坪村飛地下的七陰絕煞墓中。

---

[3] 仙人板板：四川話，無意義語助詞。

[4] 歪貨：四川話，冒牌貨的意思。

雖然我猜測，那應該是窺視大豐神陵墓的勢力的另一個陰謀。

好吧，照例來個自我介紹。我叫古塵，悲慘的就快要畢業的大四狗，如果沒有不久前的經歷的話，想來我現在肯定會活得很快活吧。

老實說。我、校花秦思夢，以及歪貨法醫孫喆，都被不同程度的詛咒了。

自己和秦思夢只剩下四天可以活命，猴子孫喆也好不到哪裡去。他的血小板不斷在體內凝固，插入肚臍眼的幾根黑漆漆的詭異頭髮，也在體內生根發芽，逐漸朝心臟的位置生長過去。

猴子生命消逝的速度比預計的還快得驚人。恐怕以現在的時間計算，只剩下三天的命好活。

據說唯一能解開詛咒的秘密，便隱藏在大豐神陵墓裡。所以由不得我們三人不放心上。之所以浪費了一整晚的時間，跑到遠離春城郊外，這片鳥不拉屎的張家莊。

為的便是逮住一個關鍵人物——老五。

這個生於種蘑菇世家的混蛋，似乎知道許多我們搞不清楚的隱秘。對於大豐神陵墓，我很是敬畏，也志在必得。可是隱藏在背後的勢力太強大了，他們手中絕對握著某種超自然的力量。

所以，逮住老五，便成了自己計劃的關鍵之一。只有制伏了他，我才能進行下一步計劃。否則哪怕是進入大豐神陵墓，也只是純屬的找死罷了！

「當然有把握。」我用手拉了拉不遠處的陷阱繩，得意道：「本人是誰，什麼時候算有遺落過。」

「得了吧，小古！用捕鳥的陷阱抓人，我還是頭一次見這麼白癡的計劃。」秦思夢摸了摸腦袋，她穿著筆挺的登山裝，一副《古墓奇兵》中女主角蘿拉的嘴臉。唉，現在的女孩，頭腦真是有夠輕浮的，就連盜墓都非要穿出時尚氣息。

女孩指了指不遠處的捕鳥陷阱，只見偌大的竹編蓋子吊在樹梢上，根本就沒有遮掩。籃子下邊有一片巴掌大小的金色殘片，就那麼隨意的扔在地上。簡直是告訴別人，快撞進來吧，這裡你妹妹的就是個赤裸裸的陷阱。

「放心，我故意的。哪怕老五明知道這是陷阱，他也會往下跳。」我撇撇嘴，大聲道：「原理嘛，嘿嘿，聽說過誘餌效應嗎？」

「老古，長話短說。老子腦容量小，禁不起你的折騰。」猴子叩了叩腦殼，他最怕我灌輸他偏門知識。

「小古。」秦美女也是疑問重重，她偏頭看了我一眼，見我臉色不善，立刻將後邊的話嚥了下去。

我快要被這兩個聒噪的傢伙給弄瘋了，「通通給我閉嘴。早就想說了，你們這稱呼倒是怎麼搞的？妳！」

我指著秦校花，「妳，明明和我同年，非要叫我小古。還有你，明明年齡比我大得多，居然裝嫩叫我老古。我都被你們弄到快精神分裂了。」

「嘿嘿，老古。」猴子乾笑了兩聲，腦袋朝草叢裡低了低：「你做人比我還老練，不叫你老古叫啥子。你娃娃叫我猴子，我可沒哼幾聲咧。」

「你給我閉嘴！」我鬱悶的嘆口氣。這傢伙死豬不怕開水燙，想來是要將我跟他的年齡翻轉到底了！

我們三人是凌晨六點趕到張家莊的，來的時候天才剛亮。好不容易挨到有老人出來晨練，我才用軟泡硬磨的功夫，弄到了些關於老五的訊息。

這傢伙似乎沒有回張家莊。

於是我讓秦美女掏錢買了村子最大的捕麻雀陷阱，三個人吃力的抬著，抬上半山腰的菇神廟前。然後大刺刺的將陷阱展開，我又神神秘秘的做了一番佈置，便開始守株待兔。

「你還真把老五那傢伙當麻雀了！」秦美女皺著眉頭，想笑，臉上的肌肉動了動，卻沒能笑出來。我知道她心裡在擔心什麼。任誰知道自己被詛咒了，只有九十四個小時可以活命，恐怕沒有多少人能夠笑著面對吧。

哪怕是我，表面冷靜，心裡也仍舊焦急得要死。

李欣的信裡提及的東西隱藏了太多的訊息。她說我們被詛咒了，而詛咒的來源，極有可能是血頭菇。有著十一個傘柄的血頭菇。

這又是一個我必須抓到老五的理由。他們家世代種植蘑菇，血頭菇知道的人不多。但是通讀民俗著作，知道大部分民俗學方面知識的我，卻是清楚得很。這個世界只有一個地方，種植得出這種曾經上貢給皇帝享用的蘑菇。

那便是老五的老家——張家莊。

昨天凌晨兩點，我們的生命倒數計時只剩下九十四個小時。從春城馬不停蹄的趕到張家莊，狂野的將秦美女家的豪華越野車飆到了極限，也還是又花了四個小時。現在，已經是早上十點。我和秦思夢的命，還有八十六個小時。每一分，每一秒，都容不得浪費！

李欣給我們的證據十分的赤裸裸。它只能在月光下才看得到。或許那個詛咒，是吸收了特定的光波，才會被肉眼所察覺。我在月光下確實看到了些令自己毛骨悚然的東西。

而秦思夢的反應更大，她只看了腳底下的影子一眼，就嚇得渾身發抖。整個人都站不住，一屁股倒在地上。哪怕是光天白日的現在，女孩也會下意識的往自己的影子方向張望。

她在恐懼，沒有安全感。

我搞不清楚她在自己的影子裡看到了什麼，居然能將她嚇得如此不堪。不知為何，我們倆都不約而同、絕口不提自己眼裡看到的東西。我有自己的理由，而她，恐怕也有。

菇神廟背後穿過來的風，吹得人遍體生寒。那個破敗的廟堂已經很多年沒有人打掃祭拜了，院門前長滿了半人高的雜草。無數生命力頑強的雜草叢生在青石板的間隙裡，猶如一根根綠色的詭異頭髮。

陽光從樹頂間隙稀疏流瀉，猴子等得無聊，主動張口道：「老古，還是談下你的那個所謂的誘餌效應吧！」

我聳聳肩膀，笑了笑：「繞來繞去，結果還是想知道嘛。行，我之所以非常肯定老五會落進我圈套的理由，可是完全依託在這個理論之上呢。」

說著，我撿起了大中小三塊石頭，分別排列起來，說道：「如果你去電影院看電影，突然非常想吃爆米花。可這家電影院很坑人，只有兩種規格的爆米花。」

我拿起最小的石子說：「小包爆米花十八元。」

然後，我又拿起了最大的石子，又道：「大包的爆米花四十二元。」

「請問你會買哪個呢？」我問。

秦思夢和猴子對視一眼，不約而同的說：「小包的。」

我看向秦思夢，有些詫異。沒想到秦美女這個富豪家族出生的人，居然還有節儉的概念。

「不錯，這種情況下大多數人都會買小包的爆米花。因為就如同你們想的那樣，四十二元買爆米花有點太貴了。」我說完，拿起中等大小的石子，插入小石頭和大石頭之間：「既然大家都覺得大包爆米花貴。那麼我們就來加入誘餌效應。中等的石頭，就是心理學上的誘餌。」

我一一的指著石頭，說出了每顆石子代表的意義：「現在爆米花套餐，變成了三種。小包的十八塊，中包的三十九塊，大包的四十二塊。你們再選選，想要買哪一種？」

這一次，猴子與秦思夢都猶豫了幾秒鐘，最後指著最大的石頭說：「當然是要大包的，划算很多嘛！」

「沒錯！」我滿意他們倆都不出意外的落入了陷阱中，「想來現在所有人都會和你們一樣，買大包爆米花了。因為所有人都覺得大包和中包只差三塊，買大包挺划算的。從而忽略了小包和中包，於是電影院賺到了更多的錢。」

秦思夢和猴子神色一變，顯然也意識到了什麼。

「這就是所謂的誘餌效應？」秦美女眨巴著眼，點頭：「很有道理。」

「確實很有道理。這是一個非常有效而有力的心理學技巧，許多銷售公司都會用類似的伎倆來鑽我們大腦的漏洞。當人們面對兩個選項進行選擇時，因為第三個新選項的加入，便會使人們改變他們之前所做的決定。」

我的聲音頓了頓：「市場人員透過讓消費者對比物價而獲利。他們會設定多種價格來引導你去買他們想賣給你的。你只需要去超市逛上幾圈就會發現這種事頻繁在上演，是買二十四塊餅乾花十八元還是買四十八塊餅乾花三十元呢？那邊明明寫著三十六塊餅乾要二十八元，那還是買四十八塊划算！」

「可是你所謂的誘餌效應，並沒有解釋你為什麼那麼有自信老五會自投羅網。鑽進那個捕麻雀的蓋子裡去。」秦思夢反駁道。

我笑得更加陰險了：「那個捕鳥陷阱以及底下的天書殘片擺在明面上，其實就是中間價格的爆米花，是用來作為對比的。」

猴子眼睛一亮，頓時明白了過來，「我就曉得老古你沒那麼白癡，居然暗中還設置了小爆米花和大爆米花作為陷阱。可是我咋個看不到那兩個陷阱究竟在哪裡咧？」

「讓你都找得到，我就白佈置了。那兩個陷阱，只有老五能看到。」我冷哼了一聲。

秦美女在一旁潑冷水，「退一萬步，你真的佈下了天羅地網。可如果老五不在張家莊。你又能怎樣？」

「他在！一直都在。」我十分有自信：「就看他能忍到什麼時候了！」

話音剛落，就聽到一陣窸窸窣窣的腳步聲，從遠處傳來。

一個穿著破舊衣服的男子小心翼翼的往山坡上爬。菇神廟位於半山腰很陡峭的地方，能夠將下方的一切看得一目了然。明明是大熱天，三十多度，那男子居然用破布料把自己遮蓋得嚴嚴實實。

他爬得很慢，只能看出性別，看不到臉。

「是老五？」猴子小聲問。

我皺了皺眉頭，沒有開腔。這個男人的腳不靈活，而且渾身上下都給我一種不舒服的感覺。

這個人，不像是老五。個子沒有老五高，掛滿破布的衣服遮蓋下的身體空空蕩蕩的，彷彿是個架子般。地上的風一掃過去，將那人的衣服往後拉扯。那個人立刻就停了下來，似乎險些被風吹走。

秦思夢眨巴著眼，突然望向我，吞下一口唾液：「那傢伙有問題！」

「你也這麼覺得？」我點頭：「他絕不是老五。」

「那他是誰？」猴子詫異的縮了縮自己的脖子，光是看那個人，都覺得背脊發冷。

「應該說，它，是什麼！」我眉頭皺得更緊了，眼看著那東西一搖一晃的走到捕鳥陷阱下，伸出手想要去撿天書殘片。

沒有再猶豫，我放開了手裡的繩子。捕鳥陷阱砸了下去，將那人壓倒在地。就在那一瞬間，我們三人同時驚呼了一聲。

眼前的狀況超出了想像之外，不太重的捕鳥陷阱，竟然將那個人整個壓塌了！

真的是壓塌了。從腦袋到腳，一個一百六十幾公分的人，居然被壓得只剩下了三十幾公分！

這，到底是怎麼回事？

「該死！」我暗叫不妙，大聲對孫喆說：「猴子，帶上槍，去捕鳥籠右邊一百公尺的一棵老槐樹底下守著。只要見到人影，不管是誰，就死命的開槍朝他腿上招呼。」

說完，我就立刻竄到陷阱旁。剛將竹蓋子掀開，那個人形物體便開始掙扎，身體隨風一吹，膨脹了一圈。

它身上的破布在風中搖晃，如同風箏似的，眼看就要被風吹走。我手疾眼快的一把拽住了它的脖子。

人形物體果然輕如無物，我隨手將它扔在地上，用陷阱壓住它的腿部。這玩意兒掙扎了幾下，突然又軟了下去。

「什麼怪東西？」一旁的秦思夢被它的變化弄傻了眼。

「這不是東西，但有點像影子燈！」我身上一涼，顫抖著說。人形物沒有重量，身上的破布猶如麻袋子，不像是人，也沒有生命。但是卻偏偏能行走活動，不是民間傳說中的影子燈是什麼？

「影、影子燈？」秦思夢問，她搞不清楚影子燈是啥。不過聽名字倒是挺怪的。

我黑著臉，心驚肉跳道：「影子燈是四川大山中流傳的一種怪物，甚至民俗學課本中都沒有記載。據說經常在山中找食的人才會遇到它。老五的一家子世代都在深山裡種蘑菇，會知道影子燈倒是不稀奇。但是，他是怎麼利用影子燈來拿天書殘片的？」

影子燈其實是四川老山區對狐狸的俗稱。山裡人愚昧，認為狐狸活了幾百年後就會成精，脫皮後成為披著破布的人形怪物。那種怪物以人類為食。雖然基本原理我不太清楚，只是大略知道這東西的傳說真的流傳得很廣。

可是，眼前的東西，真的是影子燈嗎？

狐狸活得再久也是狐狸，無法變成人。但是被陷阱壓住的人形怪物，卻實實在在的在我們眼皮子底下掙扎，它全身上下根本就沒有生命的氣息。

不對！老是覺得有哪裡不太對！

那人形物體掙扎了一會兒，居然就不動了。我眨巴了下眼睛，突然心裡浮上一絲不好的預感。猛地將它表皮的破布扯開，自己又是一陣驚訝。

「這果然不是什麼影子燈！」我和秦思夢同時大吃一驚。

只見破布裡並不是沒有東西，而是長滿了蘑菇。密密麻麻如同手指頭粗細的蘑菇在破布內生根發芽，足夠令密集恐懼症患者犯病。這些蘑菇極輕，呈現白色，小小的傘蓋精緻小巧，卻矛盾的散發出陣陣邪異感。

就在這時，好巧不巧的，一束陽光從頭頂的密林中灑下。穿過我和秦思夢兩人的腦袋間隙，落入自己扯開的破布缺口中。

頓時，雪白的蘑菇變了。

一層血紅的顏色在白色傘蓋的最中央逐漸擴散出來。本來呈現橢圓形的小小蘑菇蓋因為那暈開的紅色，居然顯得不再可愛，而像是一個個在黑暗中睜開的眼睛，用猩紅的眼珠子一眨不眨的看著我們。

「好、好可怕！」秦美女被看了幾眼後，就嚇得渾身發抖，猛地向後退了兩步。

花了好幾秒種，我才從驚訝中回過神來，失聲道：「這、這是血頭菇。」

不錯，這絕對是血頭菇。在來的路上我就查過血頭菇。這種全世界只有張家莊才能種的蘑菇，留下的史料極少。但我查閱的資料夠多，終究還是在某篇當地典籍中，找到了一張清朝富商留下的血頭菇描畫。

描畫上的血頭菇，和眼前藏在破布中的蘑菇一模一樣。但有一點不同的是，自己看到的血頭菇，居然滿是戾氣，彷彿剛從墳墓裡取出來般，甚至蕩漾著些許屍臭味。

這種東西，真的能上貢給歷代皇帝當食材？未免也太扯了吧！

破布裡的血頭菇照射到太陽後，猛地鼓脹了幾下。傘蓋上的血色更加充足了。我眼皮使勁兒跳了跳，總覺得自己似乎忽略了什麼。

是什麼？

眼巴巴的看著無數血頭菇膨脹，心裡的危機感居然濃了起來。血頭菇是蘑菇！蘑菇不能照太陽，否則就會灰敗，死亡。難道血頭菇上的紅，是死亡的預兆？

「不好！」我一把拽著秦思夢往後躲，有多遠躲多遠，有多快跑多快。

說時遲那時快，就在我和搞不清楚狀況的秦美女拚命逃的時候。只聽一聲輕微的「噗嗤」聲。血頭菇已經膨脹到了極限，破布中滿是赤紅顏色的蘑菇叢迸裂，「啪」的爆開了。

猶如風吹過，破布的縫合處噴出了大量的白色微粒。那是血頭菇的孢子。孢子輕飄飄的撒在地上，孢子一落地立刻就死亡了。它們沾著土壤，「噗噗」的不停冒出黑色的液體，臭氣熏天。

很快，難聞的屍臭味，就在這偌大的菇神廟前蔓延開。風都吹不散。

「那些孢子……好強的腐蝕效果。」秦思夢睜大了眼，額頭上滑下幾滴冷汗。如果不是我們跑得快，只要皮膚上沾上哪怕一丁點血頭菇的孢子，恐怕就會沒命。孢子腐蝕性極強，非把皮肉給化成水不可。

我也驚惶不已，「老五還是那麼歹毒！沒想到血頭菇不只能詛咒我們倆，居然還能縫在破布裡，指揮它行動。這東西究竟是怎麼種出來的？」

對此，自己也越發好奇起來。恨不得立刻逮住老五那混蛋，逼他說出一切。

死裡逃生才剛喘口氣，菇神廟那一頭，就傳來隱約的槍聲。我和秦美女對視一眼，連忙掏槍跑了過去。

第二章◆變異菌株

「格老子的，你龜兒子老五，你有種給老子出來。」躲在樹後邊的歪貨法醫猴子一邊開槍，一邊破口大罵。

他被我派到了最右邊的陷阱旁。那個陷阱不像捕鳥籠是明陷，而是個暗陷阱。我自己也說過，只有老五能看到。事實也確實如此，猴子根本就不清楚我佈置的是什麼陷阱，也不清楚陷阱在哪裡。

但是老五知道。

所以一走到陷阱旁，老五就猶豫起來。猴子現在正在和命賽跑，哪裡敢多浪費。於是他一看到老五的腦袋隱約在深深的草叢裡發呆，就估計著他腿的位置，一槍射了過去。

槍聲響了，這支黑市賣的爛槍也不負眾望的偏離了靶子至少幾十公尺遠。不過老五仍舊被槍聲嚇了好大一跳，連忙將腦袋縮回草叢裡，舉起手來，展開彈弓射出一顆石子。

指頭大小的石子正好打在猴子臉旁的樹幹上，差一點就要了他的命。

「你媽的白癡，躲在草裡邊算啥子好漢。出來嘛，我保證不開槍。大家都是好兄弟，我倆好好談一下。」猴子死死躲在樹後邊，一邊囉嗦著絕不開槍，一邊朝著老五就是好幾槍。

這次走狗屎運，偏離靶子也不算太遠了。

「哼，臭小子。你就放屁嘛。他古小娃兒曉得弄陷阱，就以為老子不會弄了嗦。」

老五眼看著一顆槍子兒就從自己的腦殼頂上飛過去，也是嚇出了一身冷汗。他有一搭沒一搭的和猴子對射，張口說道：「想來現在秦女娃和古小娃兒已經被老子的血頭菇孢子給蝕成了一灘髒水，命都沒了。」

「吹，繼續吹。老古聰明都成精了，他會著你的道。我看他把你賣了，你都要樂呵呵替他數錢咧。」猴子眼睛一橫，心裡不禁咕噥著那兩人咋個還沒來，不會真的著了道吧？

他們倆抄著四川土話時不時對射著，嘴裡的髒話越來越臭。我和秦思夢一人一邊包抄過去，走到一棵樹下時，我扯了扯隱藏著的繩子，露出一臉陰險的笑。

幾十公尺外的老五還想嘴臭，結果突然感覺地上一搖，暗叫糟糕，整個人頓時都掉了下去。

「喲吼！你看你嘴臭嘛，都說了莫裝逼，裝逼被雷劈。」猴子歡暢的大叫一聲，連忙跑到了地陷的位置。我和秦思夢也從暗處走了出來。

秦美女也有些激動，「終於逮住那隻狐狸了。」

「那自然，也不看看我是誰。本人早就算準他會躲在這裡了！」我一臉得意。

三人一陣吹噓著來到陷阱前一看，頓時臉色大變。

「快躲開！」我猛地將身旁兩人推開，自己也撲倒在附近的地上。

只見那個挖掘了三公尺深的陷阱洞底，居然躺著一個鼓鼓脹脹的破布人形。人形扭曲了幾下，就爆炸了。

我們好一陣亂躲，才成功避開血頭菇爆出的孢子。只見偌大的洞壁上全是黑漆漆的噁心液體橫流，屍臭味更加濃重了。

老五沒有中陷阱，他完全不知所蹤。這混蛋還真夠老奸巨猾的！

「這個死老鬼！」我微微一思索：「分散，快。在菇神廟後邊一百公尺處的老歪脖子樹下集合！」

大喊一聲後，我率先朝東邊跑去。

就在這時，異變突生！從上風處飛來了一粒一粒的白色小顆粒。這些顆粒如果不仔細看的話，根本就看不清楚。陽光下，微粒反射著些許紅色的光澤，很是隱秘。

我嚇得大叫一聲，「猴子，秦美女，捂住鼻子和嘴，注意眼睛和耳朵，不要讓空氣中的微粒跑進去了。」

因為我的提醒，秦思夢和孫喆也發現了微粒的存在。兩人也不是個優柔寡斷的人，他們從身上扯下衣服纏在腦袋上，又戴上墨鏡。這才一步一步，小心翼翼的朝我指定的目的地走去。

我也做了同樣的動作，儘量不讓皮膚暴露在空氣中。那些微粒明顯是孢子，蘑菇的孢子。通常，蘑菇的孢子只要是林地裡都有，但微小到肉眼絕對看不到。但是這些孢子明顯不同，個頭很大，它們和血頭菇那種會爆炸的孢子似乎是同一路的貨色，但又有不太一樣的地方。

至少，微粒哪怕是輕飄飄的撒在地上，也沒有炸開，爆出腐蝕效果。就那麼靜悄悄的附著在一切可以附著的地方。

蘑菇孢子越來越密集，顯然是老五在搞鬼。沒多久孢子就在我身上沾了一層，不過並沒有產生不良反應。

但是我卻越發擔心起來。從來最可怕的蘑菇，根本就不是看起來就有毒的鮮豔的那種，反而是一看覺得平淡無奇，似乎可以食用。但是一吃，甚至光伸手去接觸，就能致命的那種。

老五，撒如此多的孢子，究竟想要幹嘛？

無論他想做啥，都肯定是想對我們三人不利。老五心機深沉，為人狠辣。試想一個就連自己親生父親都能下手殺死的人，這種人怎麼不麻煩！

我盯著蘑菇孢子又走了一陣。自己指定的集合點正好位於上風處，第三個陷阱也在那兒。我十分肯定，老五必然會去那個歪脖子樹下邊。

因為那裡，放了個有意思的東西。老五就算不要天書殘片，也會命都不要的想得到它。

如果老五，真的是自己想的那種人的話！

沒過多久，孢子微粒終於停止如雨般落下。但是我們三人身上的白色微粒，已積了厚厚的一層。我沒有試圖撥開它們，只是一個勁兒的往前走。

中午的陽光不斷刺破樹梢的葉片，在地上印上無數光斑。地面上由於眾多的孢子微粒，猶如下了一場雪似的，入眼皆是一片雪白。被太陽一照，每個孢子都散發出刺眼的紅色。彷彿蟲卵般，不停的呼吸著。

現場越是怪誕，我越是冷靜。

從林間重新回到菇神廟，本來就破敗的菇神廟裡也被撒上一層孢子。透過沒有門的廟宇，能夠看到金身剝落殆盡的菇神全身赤紅，猙獰可怖。

雪白的孢子撒在它身上，顯得更加的詭異。厲鬼似的菇神彷彿隨時都會醒來，張開嘴巴，咧著深深的獠牙，一口將自己咬死。

我不由得打了個寒顫，不敢多看，連忙繞開它從廟後邊穿了過去。

就在離歪脖子樹不遠的地方，自己終於看到了噴出無數孢子的東西究竟是啥。那，還真是一棵怪東西。呃，不，應該說是怪蘑菇！

秦美女和孫喆就站在那棵大蘑菇下邊，傻傻的一眨不眨的打量著它。

「找死啊，還不快給我散開！」我的視線剛一接觸到怪蘑菇，就迅速移開了。大罵道。

兩人被我罵醒，連忙遠遠跑開，朝著歪脖子樹繼續前進。而我則皺著眉頭，再次將視線落在了那一棵蘑菇上。

這棵蘑菇巨大無比，足足有三公尺高。聳立在林間的空地上，猶如一根雪白的巨大柱子。蘑菇的傘柄已經完全展開，傘柄下的間隙裡，就是原本藏著孢子的位置。

不過巨蘑菇的孢子已經散落殆盡，如此大的蘑菇，逐漸瀕臨死亡。

我一直盯著大蘑菇打量個夠，這蘑菇隔了一分多鐘後，竟就在自己的眼皮子底下化成了一灘黑色的污水，散發出驚人的惡臭味。我用腳將污水上的土撥開，居然發現大量的動物屍體。

怪蘑菇似乎是藉著動物屍體的養分來生存。埋在土中的動物只剩下皮和骨頭，肌肉組織以及皮下脂肪，都消耗掉了。沒了營養，這便是蘑菇的死因。

有爆炸的血頭菇作為先例，老五種出來的這種會噴灑孢子的巨大蘑菇，恐怕也不簡單。

我低頭思忖了好一陣，斜嘴露出一絲奸笑。在死亡的蘑菇旁邊佈置了些東西後，自己才慢悠悠的繼續往山上走去。

終於來到歪脖子樹前，秦思夢和孫喆已經會合了。猴子摸著腦殼，莫名其妙的問：「老古，你叫我們分散開在這裡等。可這鬼地方啥東西都沒有，也沒見到老五人影！」

秦美女也滿是疑惑，「莫非，小古你又有什麼鬼點子？」

「不錯，這是我佈置的第三個陷阱。」我點頭，視線在歪脖子樹上轉了一圈後，露出了怪笑：「看來那老鬼已經中招了！」

「中招了，怎麼中招的？」猴子眨巴著眼，一臉莫名其妙。

我慢悠悠的將手機點開，「這塊山老五從小就跑慣了，我們怎麼可能比他熟悉。而且他似乎藉由種血頭菇，掌握了很多稀奇古怪的技能。一不小心，就能要了我們三人的小命。」

「既然找不到他，又不容易抓住他。就只能讓他自己出現了！」我輕輕的打開手機中的一個程式。地圖上，有個跳躍的紅點出現在螢幕中心。

「這就是老五的位置？」秦美女和孫喆同時驚訝道：「你是怎麼追蹤到他的？」

「當然是因為他拿到了歪脖子樹上的某樣東西。」我神秘的笑著：「而且我的陷阱，哪裡可能只是找出他的位置那麼簡單！我還要逼他自己走出來，跪著求我，死皮賴臉的跟我合作。」

「那老五精靈得像鬼一樣，他咋個可能——」猴子顯然不信，正要嘰歪的時候，我一聲大喊打斷了他。

「老五，快給我出來。再不出來我就要放大招了！」我的聲音在林子裡環繞，經久不絕。

樹林中回聲熄滅後，只剩下寂寥。老五沒有吭聲。

我卻冷哼道：「老五叔，我敬仰你這傢伙手段不停，值得佩服。不過那本書，你已經拿到手了吧？信不信只要我按一下手機，那本書就會被燒掉？」

「書？什麼書？」秦思夢完全被我的話弄糊塗了。

我笑瞇瞇的，很有良心的解釋：「當然是張家莊世代流傳，只有族長才能翻閱的，種蘑菇的書啊。我今天早些時候，搜索老五父親祖宅時，不小心翻出來的。耶！不謝！」

「放你婆婆的屁，老子找了好幾天都沒找到，咋個你小子一來就給翻了出來。我信你才有鬼！」林子不遠處，終於傳來了老五的暴怒喊叫。這老小子終究還是忍不住了。

「我管你信不信，反正你不也信了不是嘛？否則你幹嘛冒險，非得上山來費盡心機想把這本書弄到手？」我聳了聳肩膀。

樹林裡又是一陣沉默，老五過了好久後才開腔：「這本書，好像是真的。」

「真的，假不了。既然你有心想弄到這本書，我猜，想要進入大豐神陵墓的幕後勢力，也在你身上下了危險的東西。老五叔，你認為一本種蘑菇的書，能將你身上的詛咒消除嗎？」我撇撇嘴。

老五繼續沉默。

我又道：「即使那種詛咒，根本的來源就是你們種的十一個傘柄的血頭菇。我猜，你想要解詛咒，就算有祖上的書也非易事。要不，咱們合作試試。畢竟敵人的敵人，哪怕不是朋友，也是有共同目的的。」

老五有些驚訝，「你們也中了血頭菇的詛咒？」

「不錯。」我的臉色不變，卻迅速的掃了秦思夢和猴子兩人，低聲道：「有些不太對。小心點，那個死老鬼八成又要弄陰招了！」

「不得哦，我看你們兩個老人家聊得正開心咧。」還沒等猴子話說完，老五已經冷笑起來。

「老天有眼，活該你們被詛咒。我看你們三個也不用費盡心思解開詛咒了，就死在這兒吧！」老五嘴唇翻動了幾下，不知道說了些什麼難以聽懂的音節。

總之就在一瞬間，我們三人身上的孢子彷彿全都活了。已經呈現血紅色的孢子們蠕動著，輕易的刺破衣服，想要鑽入我們的身體，吸食血肉營養。

猴子和秦思夢嚇得臉色煞白，死亡的陰影籠罩得他們喘不過氣。

「小古，快想辦法！再這樣下去死定了！」秦美女尖叫一聲。無數孢子正在成長，它們只要一碰到皮膚，就分泌出有著刺鼻味的液體。

眼看液體就要佈滿我們三人全身了。

「嘎嘎，你們就變成血頭菇的養分吧。」老五大為得意，「只要那些屍水進入你們的身體，你們必死無疑，就連骨頭都別想剩下！」

「老五！你這傢伙一直都知道我是個聰明人，對吧。」面對死亡威脅，我仍舊不疾不徐的，慢吞吞的說話，彷彿那些刺激性的惡臭液體並沒有在身上流來流去：「你以為我找到了你們家的種蘑菇書，不會好奇的看看嗎？」

我用嘴努了努那巨大蘑菇的位置，「巨噬菇的種植方法，你是從你老爹身上知道的吧？不過他或許沒跟你說清楚，想要巨噬菇反噬，其實方法也十分容易。」

「死小鬼，這明明是血頭菇的一種，咋可不叫巨噬菇。它的孢子還能反噬？你豁鬼嗦！」老五大罵道。

「你家的書上說，這就叫巨噬菇。」我十分肯定的說。

老五被我的肯定給弄得有些猶豫，他偷偷看了一眼自己藏在懷裡的古書。

「既然知道巨噬菇的作用，你還當我是傻的，不搖掉身上的孢子啊？白癡，我這叫做胸有成竹！」我繼續在心理方面加碼：「老五叔，你信不信，只要你再發動巨噬菇孢子，立刻就會遭到孢子的反噬。不信，你拿命來賭一賭！」

老五更加猶豫了，他見我的視線一直有意無意的朝那個被稱為巨噬菇的血頭菇屍體上瞅來瞅去。不由得也打量了一番。這一看不得了，他的心頓時落入了谷底。

該死，這小鬼似乎在蘑菇屍油上動了些手腳，讓自己也搞不清楚究竟是怎麼回事了。老五猶豫再三，終於決定翻開祖傳的書，看看古小鬼頭說的究竟是不是真的。如果發動那些孢子，自己是不是真的會被反噬。

他剛掏出書來，翻開古老泛黃的書皮，就驚訝得瞪大了眼睛。厚厚的古書，居然只有封面十分古老，掀開老化得根本看不清上邊的字的封面後，裡邊赫然露出一排結合在一起很眼熟，但是落差極大的字來。

唐詩三百首！

你婆的腳，咋個自己家傳的古書變成了唐詩三百首？

老五驚訝過後，暴怒不止。他一把將這本最多只有幾年歷史的《唐詩三百首》拍在地上，正想要發動孢子將我們三人通通殺掉。

說時遲那時快，突然，他發現翻開書後，自己的手居然也被書本劃傷了。封皮下隱藏著一根細細的刀片。自己一怒之下扔書，用的力氣太大，手也被刀片割開了個大口子。

血肉翻開，幾根黑漆漆的毛髮一見血，就如同線蟲般，使勁兒的朝自己的肌肉組織裡爬。沒等老五反應過來，毛髮就已經鑽入他體內，再也看不到蹤影了！

老五整個人，頓時傻了眼。一股不妙的感覺，瀰漫四肢百骸。

「人在河邊走，早晚要濕鞋的。著道了！著道了！」他喃喃說道，接著全身無力，一屁股坐在了地上。

聽到老五的慘叫聲，我暗喜著，一直懸吊的心終於落了地。被詭異孢子包裹著身體，如同達摩克利斯之劍一直懸掛在腦袋上，生死存亡完全就掌握在老五的一念之間。

幸好，老子命大，賭贏了！

我、猴子、秦美女身上裹緊的孢子突然一鬆，然後像死掉般紛紛落在地上。

「得救了！哥子運氣好，得救了！」猴子大口大口的喘著粗氣。

令人更驚訝的還在後邊。老五苦笑著，一臉冷汗，一步一步的從隱藏著的位置走出來。秦思夢緊緊握著槍警戒，只要這鬼傢伙敢稍有動作，就準備讓他的腦袋吃子彈。

「把槍收了吧，老五叔看來是心悅誠服了。」我擺擺手示意秦思夢收槍。

在眾人的驚訝中，老五一聲不吭，突然跪在地上對著我磕了個響頭，滿臉恐懼。

「服氣了，願意和我們合作了？」我笑著問。

「不敢不服啊，小命都拽在你娃娃手上了。」老五恨恨道。

對我倆的啞謎，秦美女和猴子大為驚訝。

「咋個回事？」猴子抓著我要求解釋。

「白癡。我壓根兒就沒有拿到什麼種蘑菇的典籍。老五在自己家裡找了幾天都找不到，我怎麼可能突然就找到？所以我用了個小手段。」我撇嘴笑著：「我根據前人的典故，自己造了一本假書。在書裡裝了幾樣小玩意兒，透過幾個陷阱，一步一步的逼著老五相信，那是他家的祖傳典籍。」

「那所謂的巨噬菇？」

「我瞎掰的不行啊？這你們都信，還真跟老五一樣白癡了！」

我將老五手裡的所謂古書拿了過來，將封面展露在兩人眼前！

「唐詩三百首？」秦美女和猴子如同剛剛的老五般，立刻傻了眼，嘆服道：「只有老古你這種傢伙，才做得出這種缺德事！」

老五如鬥敗的公雞般，低垂著腦袋，「古小娃兒，老子栽了。但你至少要告訴我，鑽進老子體內那黑漆漆的東西是啥子？我也好曉得自己是咋個栽的！」

「是這位仁兄的頭髮！」我用手一拍猴子的肩膀。

老五吃了一驚，「他的頭髮？」

「我的頭髮？」歪貨法醫孫喆更加吃驚。

我臉色陰沉了下來，不無擔心，「猴子，恐怕你的身體，比你想的更加糟糕。那些詭異的頭髮在你體內生根發芽，不只是血小板在凝固。就連你的頭髮，也會造成傳染。再這樣下去，不知道你會變成什麼東西，還是不是人類！」

孫喆被我說得神色大變，渾身發冷。

我嘆了口氣，認真的對老五說：「老五叔，你現在身上有兩個詛咒了。血頭菇的詛咒，恐怕沒那麼簡單。至少你們家的祖傳典籍上，或許根本就不可能找到解決的辦法。無論是詭異頭髮的詛咒，還是血頭菇的詛咒，唯一的解決方法，恐怕還是需要進入大豐神陵墓找。」

隱藏在背後的邪惡勢力一直都在利用大豐神陵墓的三個鎮壓墓中流瀉出的超自然力量。或許大豐神陵墓中，真的有解決的辦法。

畢竟，那是所有詛咒的源頭。

之所以非得要抓老五入夥，原因便是他們張家莊本就是其中一個鎮壓墓的守陵人。老五父親死亡之前，肯定告訴過他些東西。

不出所望，老五在內心中掙扎了許久後，終於鐵了心準備和我們合作。

老五混濁但又精亮的眼睛抬起來，看向了樹林間隙中的天空，用低啞的聲音說道：「大豐神陵墓，老子確實曉得些東西。但是要想進去，必須先做兩件事。第一，找到我家種蘑菇的書。上邊記載了很重要的事情。」

「第二，還要去一個地方。」

我一愣，「去哪裡？」

「春城遠郊外的一個村子，老子我調查過。整件事的起點，就在那個地方。我需要那村子裡的一具屍體。」

「那個村子的名字叫……」我皺了皺眉頭，心裡略有猜測。

「亂墳村！」

第三章◆黑毛玄屍

「大嫂，小雪的屍體準備啥時候下葬？」亂墳村唯一的小雜貨店中，趙家人又請了一個說客，準備說服趙雪的母親，將她女兒的屍體下葬。

這次的說客是村裡很有威望的村長，趙雪的母親李英搖了搖腦袋：「大兄弟，我女兒突然說死就死了，學校方面總要給我個說法吧。沒說法，我不會讓小雪下葬的！」

「但是光那麼放著也不是個辦法，警察局已經下了條子。要不，咱們先將閨女的身體拉去燒了？」村長瞅了一眼小雜貨店旁那口黑漆漆的棺材，突然打了個冷顫。

這個四十多歲的倔強女人一咬嘴唇：「大兄弟，你嘴皮一翻，我閨女就被燒沒了。屍體都燒了，我拿什麼跟學校的人耗？我閨女失蹤後，他們連找都沒找。最後屍體還是我自個兒找回來的。」

「但是將棺材放在這裡，始終不好！」村長苦笑著，心裡越發的有些瘆得慌。說起來趙雪屍體也是出現得極為詭異。他們亂墳村接到學校電話，說李英的女兒突然跳樓自殺，屍體還莫名其妙的失蹤，至今都沒有找到。

潑辣的李英立刻收拾行李，去學校找校方高層鬧。可鬧來鬧去終究沒鬧出個結果。李英回家後念女心切，從此後每天神神叨叨的。

最怪的是，就在五天前，趙雪的屍體突然出現在她自己家小雜貨店的牆邊上。這閨女已經死得不能再死了，可屍體並沒有嚴重腐爛。只是臉色煞白，像皮膚上蒙了一層白霜般。據第一時間路過的人說，看到趙雪屍體時他嚇了一大跳。

趙雪就那麼躺著，猶如睡著了。可是渾身上下卻瀰漫著一種讓人發寒的東西。她的指甲、頭髮長了老長。白到透明的皮膚下似乎隱隱有些什麼怪玩意兒在游動。

那人著魔似的伸手摸了摸屍體，一股刺骨的冰冷立刻從趙雪的屍體上傳遞過來。他頓時痛得尖叫了一聲。

李英聽到聲響立刻從屋子裡跑了出來，她看到自己女兒的屍體，頓時哭得唏哩嘩啦。將趙雪屍體死死抱著，彷彿有誰會將女兒搶走似的。哭了好久，才在趕來的眾人勸慰下，將趙雪屍身收殮進棺材。

但李英死活不準別人將屍體燒掉，更不下葬。說是想要和趙雪的學校談條件。格老子的，談啥子條件嘛。一想到這兒，村長就有些焦頭爛額。許多人都看到了，趙雪是自殺。她所就讀的大學本來就不用負太大責任。

而且學校也送了慰問金過來。李英收下後，仍舊罵罵咧咧。將趙雪的棺材敞開的擺在小雜貨店的牆根底下。

這樣一來村長就有些奇怪了。

他總覺得李英一直都在找藉口，不願意讓人燒掉女兒。其實她燒不燒也不關他村長什麼屁事。但問題就出在，李英的小雜貨店處於亂墳村的中央。村裡人不管幹什麼事都要路過這家小雜貨店。

必經之路放著一口黑黝黝的棺材，這叫怎麼回事？弄得每個人都心驚膽顫，夜路也不敢走了。

更何況，自從趙雪的屍體回到村裡後，亂墳村就開始發生難以解釋的怪事！

第一個碰到趙雪屍體的村民叫趙強，也算是趙雪的親戚。三天後，他突然暴斃。死得莫名其妙，醫生也說不出個所以然來。等到趙強家人請了隔壁村的陰陽先生過來看色[5]，沒想到陰陽先生一見到他的屍體，頓時嚇得險些軟在地上。

屍體的臉色煞白，皮膚乾枯發癟。四十多歲的他本來身體不太好，頭髮早在三十多歲時就全白了。可是趙強死後，任憑全身上下有多駭人可怖，就頭髮是黑的。黑到滿是油光，詭異得很。如同整個人的營養，全都跑進了頭髮裡。

「這、這、這是他媽的玄屍啊！」陰陽先生反應過來後，破口大罵：「你們家是要我折壽啊，居然扯我來給玄屍看色！」

趙強的家人全都嚇到了，鄉里人迷信的東西聽得多，玄屍是什麼，大多都知道些。所謂玄屍，在傳說中它會吸收一整個家族的陰德，讓所有人倒楣一輩子，直到慘死為止。人類本就是如此，對不理解的東西，總是會硬塞許多怪異的解釋。

「大師傅，你可得救救我們。」趙強的家人扯著陰陽先生的衣服不放。鄰村的陰陽先生本不想蹚渾水的，可是經不起他們出高額的報酬，最後還是一咬牙答應了。

他掐指一算，「趙強的生日是陰曆七月二十八，想要保住你家，必須得在今晚午夜十二點半之前，將屍體燒掉。不能去火葬場，只能用山頭上百年以上的柏木枝焚燒。」

趙強的家人立刻根據陰陽先生的話開始準備。當晚十二點前，趙強的屍體就被架在搭建在村外的柏樹枝架子上。

5 看色：各地都有這種風俗，人死後要請陰陽先生來看看屍體的氣色以及生辰八字，以判斷下葬時間。

灑上汽油，點火，屍體頓時熊熊焚燒起來。

可是這一燒，結果居然令人恐懼萬分。

無論火怎麼烈，溫度有多高，趙強的屍體就是沒有絲毫被燒毀的模樣。甚至屍體的頭髮和指甲都在烈火中瘋狂的滋長，止都止不住。

半個小時後，火燃盡了。黑漆漆的灰燼中，趙強的屍身只是乾癟了許多，身體裡的所有水分都被火焰給蒸發出來，模樣要多悚人有多悚人。

最可怕的是，屍體腦殼上的頭髮已經長到了一人高。彎彎曲曲的扭在灰燼裡，看起來極為顯眼。現場的每個人都感覺一股寒氣不停的從腳底爬上後背，涼得刺骨。

該死，這究竟是怎麼回事？

陰陽先生也嚇傻了，聲音抖得厲害，「咋個，咋個燒不掉。難道這不是玄屍？老子祖上世代陰陽，還從來沒遇到過這麼怪的事！」

他皺了皺眉頭，一把拽住了趙強的妻子，厲聲問：「嫂子，妳有啥子事情瞞著我？這趙家兄弟，究竟是怎麼死的？」

趙強的婆娘腳一軟，這才哭哭啼啼的道出了實情。

「妳是說他是摸了一個叫做趙雪的女娃兒屍體，才橫死的？趙雪！趙雪！」陰陽先生眉頭皺得更凶了，腦袋裡似乎想到了些什麼，一揮手，「走，去她家看看。」

一隊二十多人浩浩蕩蕩的朝村子唯一的小雜貨店走去。天上的月正浮在中天，穿過雲層時，白銀般的顏色消失了，只剩下一片猩紅。

彷彿整片田間野地都變成了血的世界。

陰陽先生在趙強家人的帶領下，來到了亂墳村打穀場的空地前。幾間青瓦房豎立在水泥鋪成的地面上，空空蕩蕩、無遮無蓋。平時趙雪家小雜貨店前的空地，是所有村人的曬穀場，現在，卻一片死寂。

青瓦房外有個深色的屋簷，屋簷下一口黑黝黝的棺材靜靜停放著。

棺材隱藏在月色的陰暗中，顯得極為恐怖。

這是一口柏木做的新棺材，棺上的漆都還沒有乾透。棺材蓋上沒有釘棺材釘，似乎有經常打開的痕跡。或許是趙雪的母親想見女兒時，就會把棺材蓋掀開吧。

這一家子母女，都是怪物。

陰陽先生「噓」了一聲，讓村民不要驚到趙母。之後輕手輕腳的移動開棺材蓋，用著手電筒朝裡邊看了一眼。

就這一眼，彷彿見了鬼似的，陰陽先生嚇得瘋了似的連退好幾步，險些叫出聲來。

「黑毛玄屍。這是傳說中的黑毛玄屍！」陰陽先生使勁兒的捂住嘴巴，就像怕一用力喊叫，就會將棺材裡的屍體叫活過來。

只見棺材中的趙雪屍體安安靜靜的，但跟前幾天又有不同的地方。本來煞白的臉上，浮現著隱隱的黑氣。印堂漆黑發亮。緊閉的眼睛前，本來不算長的睫毛，變得足有成人中指長，如同一根根的利刺般，而且完全違反了地心引力，硬生生刺入空氣中。

最恐怖的還是屍體的頭髮。本就已經很長的烏黑髮絲，變得更加黑了。猶如黑洞吸收著所有的光線。這個寬敞的棺材，被趙雪瘋狂滋長的頭髮塞滿，就連一絲空隙都沒有了。

村民們倒吸一口涼氣，所有人都不知所措。甚至有人止不住的打擺子，上下牙齒在恐懼中磕碰不停。

詭異的氣息瀰漫在這小雜貨店周圍，就連附近的風，都變得陰森起來。

「燒了，燒了，馬上抬去燒了！」陰陽先生忍住害怕，用力咬住嘴唇，「再晚的話，村裡所有人都會被這怪物害死。」

未知是原罪，更何況趙雪的屍體確實可怖。它嚇人的臉上滿是戾氣。好不容易才跳出幾個膽大的小夥子，砍了幾根木頭當支架，將屍體扔在支架上抬出了棺材。

屍體意外的輕，就像除了表皮的皮囊外，裡邊的血肉骨頭都被微生物給蛀空了。

當所有人重新搭起火架子，想要焚燒趙雪屍體時。和趙強同樣的怪事發生了。這具屍體根本就燒不掉，而且還產生了化學反應。溫度似乎是一種催化劑，令屍體腦袋上的長髮又變長了好大一截。

甚至連趙雪全身毛孔裡邊的毛囊都被活化了，寒毛從毛囊中探出來，如同火龍果中密密麻麻的種子似的，哪怕是沒患有密集恐懼症的人，也被嚇得夠嗆。

屍體始終安靜的躺著，任人折騰。但是在肉眼察覺不到的地方，它身上的陰氣，卻越來越盛。

「抬回去！立刻把它抬回棺材裡去！」陰陽先生滿額頭都是冷汗，他今晚是真的被嚇到了。眾人又手忙腳亂的將趙雪的屍體放回原位，所有人都面面相覷，看著陰陽先生發呆。

陰陽先生想了又想，終於才又道：「如果這趙雪真的陰差陽錯，變成了黑毛玄屍。想要火化她，必須要經過她所有直系親屬的同意。這樣屍體上的戾氣才會消散！」

「趙雪直系親戚死得差不多了，只有一個母親。」有人道。

「那就去找人說服她的母親吧。」陰陽先生嘆了一口氣：「記住，不能用強！」

就是出了這樁事，所以今天，在亂墳村從來都是位高權重的村長，才會來到小雜貨店，低聲下氣、苦口婆心的勸趙雪的母親李英。

李英無論他說什麼，都只是搖頭。絕對不准別人燒自己的女兒。

村長氣壞了，實在忍不住，大聲問：「嫂子。我看妳是在刁難村子裡所有人。妳的目的，根本就不是找學校麻煩，也不是想要錢。妳究竟想幹嘛？」

李英一眨不眨的看著村長，這時候才緩緩道：「大兄弟，我的要求很簡單。我女兒一輩子清清白白。她小時候很苦，我這個當母親的也沒本事，沒給她過過什麼好日子。現在她死了，至少也要許個好人家給她。讓她在下邊，也好有個名分。不至於沒辦法投胎！」

當地的風俗是自殺的人會下阿鼻地獄，永世無法投胎。村長沒想到李英居然在為女兒考慮這個，忍不住又是一陣苦笑。

「嫂子，妳是想給趙雪那丫頭舉辦一場冥婚？」村長咂了咂嘴巴，這個要求好辦，也確實合情合理，「行。這件事我做主。回去我就跟村人講講，看附近誰家有剛過世的適齡男性。把他的屍骨和丫頭的合攏合攏，風風光光的辦一場——」

「大兄弟。我女兒不要死冥婚！」李英打斷了村長的話：「要活冥婚！」

話一出口，村長整個人都愣住了。

活冥婚？妳奶奶的腳板心心，居然是要活冥婚。妳丫頭趙雪是黑毛玄屍的名聲甚至已經傳到外村去了。那可是黑毛玄屍啊！有哪個活人願意娶她？那可不是吃飽了撐著，無端朝自己身上拉禍害？

村長結結巴巴的沒有再說話，可是看到李英一臉堅定，又看了一眼小雜貨店外陰森森的棺材。終究還是一咬牙，拍了拍胸口：「嫂子，活冥婚就活冥婚。老子豁出去了！」

走出小雜貨店時，村長仍舊咬著牙根不放。心裡的想法轉了幾轉，找到幾個心腹吩咐了幾句。這才彷彿蒼老了十多歲般，嘆了口氣，一屁股坐在太師椅上。

真不曉得自己做得是對是錯。但如果真如陰陽先生說的那樣，再不處理趙雪的屍體，亂墳村的人絕對會死光。

事關性命，由不得不信。

是非對錯，已經無所謂了。

當我、秦思夢、老五和猴子四個人趕到亂墳村時，已經過了晚上九點！死亡的陰影籠罩在腦袋上，哪怕不斷在和時間賽跑，仍舊感覺手機上的時鐘轉圈轉得特別快。還剩七十五個小時，自己和秦思夢就會斃命。老五與猴子的命，消逝得比我倆更快。所以由不得每個人不緊張。

將車停在村子唯一的破爛旅館前，沒管住宿條件究竟有多惡劣。我們急匆匆的敲動一家蒼蠅館子[6]的捲簾門，讓店家隨便做了些飯菜，然後大口大口的祭奠起五臟廟。小館子是夫妻倆在經營，兩人臉上的表情都很拘束。我和老五一邊吃一邊有一搭沒一搭的跟他們套話。

吃著吃著，越吃越覺得這兩個傢伙有些不太對勁兒。表情已經越發的超脫出拘束的範疇，變得甚至有些怪異起來。

我皺了皺眉頭，低聲道：「大家慢點吃，事情有些怪。」

「你也覺得那對夫妻，模樣相當不對了哇？」老奸巨猾的老五也意識到了蹊蹺，卻沒敢馬上放下筷子，只是一個勁兒的往碗裡夾東西。

「有啥子怪的地方？我咋個沒看出來？」天然呆歪貨法醫猴子依舊胡吃海塞，他一路上餓壞了，食量大得驚人。

我搖了搖腦袋，「不只是這對夫妻，整個村子都透著些不尋常的味道。」

「你看外面，才九點，便已經黑燈瞎火了。」我指了指村外的建築，每一棟都黑漆漆的。要不是使勁兒喊，把捲簾門拍得啪啪作響，這家蒼蠅館子肯定不會開門做我們的生意。

秦思夢不以為然，「鄉下地方，晚上又沒什麼娛樂活動。不早點睡覺造人，還能做什麼？」

「誰家沒有電視，哪裡不能上網？村口就有寬頻網路的設備。證明這裡是有網路的。」我的聲音更低了，「一個可以上網的地方，肯定有許多年輕人上網玩遊戲到很晚。可是這個村子，所有建築都集體熄燈。太不尋常了。」

「而且。」我舔了舔嘴唇，「就連我們住的小旅館，也只有前檯開了一小盞燈。你說，這個亂墳村究竟在搞什麼？」

老五渾身一抖，用沙啞的聲音突然說：「古小娃兒，莫不是那具屍體變異了？」

---

6 蒼蠅館子：四川一些沒有經過精美裝修的小飯館。一般衛生條件不好、價格低廉、鋪面窄小。

「不清楚。老五叔，你為什麼要用那具屍體都還沒跟我們解釋！」我瞥了老五一眼。

老五用力搖頭，「現在還不能說。說了就沒用了！」

「弄得神秘兮兮的，如果再搞砸了。哼哼。」秦思夢冷哼了一聲，嚇得老五下意識的護向了自己的下體。

這個秦女娃兒看起來白白淨淨漂漂亮亮，一副文靜的大家閨秀模樣。可是惡趣味囟得很，最喜歡用腳上的鞋尖跟別人的卵蛋來一次激烈的親密接觸。

「說那麼多幹啥子嘛，乒來老古擋，水來老古掩。這個蒼蠅館子的味道不錯，大家都不吃了嗦？」要說還是天然呆有優勢，什麼都不擔心。猴子吃得腮幫子都鼓了起來，拿著番茄炒蛋的盤子使勁兒朝自己碗裡扒拉。

秦思夢也有一筷子沒一筷子的夾著菜，她坐在正對著廚房的位置，始終覺得有幾隻陰颼颼的眼睛在黑暗中死死盯著她看個不停。

廚房裡似乎不只有那對夫妻，難道還有別人？

女孩正想警告我們幾句，突然，她的視線越過了廚房邊上的窗戶，落到了村子中的某一處。

「怪了。小古，你瞅瞅那個地方！」秦美女指著村子正中央的位置，輕聲叫道：「整個村子都黑漆漆的，似乎就那裡有燈。」

我們都順著她手指的方向望過去。那裡確實有燈光，不，何止是燈光。簡直就是一片紅色的霓虹嘛。

剛剛進入蒼蠅館子的時候還沒看到那裡有亮燈，或許是有人剛剛才將電閘拉開的。燈光很明亮，彷彿整個村子的燈泡都聚集在那一處地方。

每個燈泡上都刻意被人蒙上一層紅色的布。各色的燈泡在紅布的籠罩下，只流瀉出一種顏色。

紅！刺眼的紅，紅得像鮮血。將窗外的世界染得光怪陸離，甚至，有些陰森可怖。

「那些紅色燈光，看得人瘮得慌，怪可怕的！」秦美女抱著自己的胳膊，猛地打了個冷顫。

我一眨不眨的看著那層似乎能刺穿雲朵和空氣離子的紅光，「唰」的一聲站起身來：「不好！」

「怎麼了？」剩下的三人被我的舉動嚇了一大跳。

我眼皮抖了幾下，「這個村子正準備舉行冥婚！」

「冥婚？」猴子眨巴著眼，「冥婚而已，看把你嚇得。老古，平時你不是個驚驚乍乍的人啊！」

「白癡，這根本就不是普通的冥婚！」我聲音都在發抖，「而是活冥婚！」

「活冥婚又咋樣了？」猴子依然不怎麼在乎。

老五從我緊張的音調中聽出不尋常來，頓時也緊張起來，「給老子閉嘴！古小娃兒，你給我說說，活冥婚是咋個回事？」

「來不及了！快走！」我左手扯著秦思夢，右手扯住餓死鬼投胎般仍舊吃個不停的猴子，快步往蒼蠅館子的門外衝。

可是，已經晚了！

有幾個黑影猛地從廚房裡衝了出來，似乎想攔截我們。而那片紅色燈光所在的地方，光開始慢慢往外蔓延。

一盞一盞，蒙著紅布的燈光被點亮。一直蔓延到了這家蒼蠅館子跟前。

我心裡的驚訝更濃了，這個亂墳村究竟想要搞什麼。看這紅燈所指的位置，難不成活冥婚的新郎就在這蒼蠅館子中？

怎麼可能！

不！莫不是，村子想幹如此缺德的事？

還沒等我們將身上的槍掏出來，猴子向前跑了兩步後，突然一聲不吭就栽倒在地上。

秦思夢撐沒兩下，也倒了。

我眼皮子重得厲害，掙扎幾下後跪倒在地。狡猾的老五也著了道，比我更早暈過去。

「你妹的，糟了。」

自己苦笑幾聲後，實在撐不住，終於失去了意識。

第四章◆活冥婚

人生大部分的事態發展，總會朝著難以預料的方向偏移。怪得很。

我們四個人倒在地上後，亂墳村的村長在心腹簇擁下，緩緩從蒼蠅館子背後繞了進來。

「大師傅，你看看這三個男人裡，哪個和丫頭比較適合？」村長腦袋一低，問身旁的陰陽先生。

陰陽先生瞪大眼睛，「村長。你太亂來了，這麼缺德的事情都敢做。這是逼著別人去死啊！」

村長瞪了他一眼，威脅道：「他們不死的話，行，你去死。」

「可是真選了外村人，如果和趙雪那丫頭的生辰八字不搭配的話。可是會引起屍變的。」陰陽先生渾身一抖，「黑毛玄屍屍變，不得了的很。」

村長冷哼一聲，「我是按照你的吩咐挑人。這傢伙的身分證上，八字和你提供的差不了多少。」

他用力踢了踢其中一個昏倒的人。活冥婚說起來簡單，但是想要找到適當人的選卻挺難。村裡人沒人願意娶趙雪的屍體回家，於是乾脆在進村旅遊的外村人身上打起了算盤。

登記入住旅館的時候，這批人中竟然有個適當的人選。這令村長大喜過望，就在我們四人走進這家蒼蠅館子時，局，已經佈置起來。甚至婚禮的現場，也已經擺了出來。

「將這個人抬走。」村長讓心腹核對了身分證，然後又踢了踢猴子的肚子。這個傢伙年齡不大，長相也算是眉清目秀。配丫頭足夠了。

心腹問：「剩下的人呢？」

「丟到懸崖下去，弄成意外的模樣。每年村裡都會死好幾個背包客，多失蹤他們四個也算不啥子。」村長無所謂的吩咐：「做乾淨點！」

幾個心腹點頭後，分成兩隊。一隊抬著猴子，將他塞進紅色的花轎中。別一隊則抬著我、秦美女和老五往山上爬去。

當猴子被抬到打穀場上時，活冥婚開始了！

昏迷的猴子被人強行換上紅色的新郎服，古色古香，卻有股死氣沉沉的感覺。兩個人架著他，一步一步走到小雜貨店前。

今晚的小雜貨店輝煌得很。趙雪的媽媽李英穿得也極為喜慶，坐在深深的桃屋中，看不出臉上是什麼表情。

血色的光照在青瓦屋簷下的那口棺材旁時，無論光有多強，竟然始終再無法前進絲毫。棺材如同黑洞，將所有的光線都吸收得一乾二淨，詭異無比。

「開棺！」陰陽先生被整個亂墳村的人挾持，無奈得很。他排過猴子和趙雪的生辰八字，兩個人確實很配。陰陽先生心裡有些忐忑，他不知道冥婚過後，這個瘋了般的村子，會對他做什麼。

但是他不主持好這樁活冥婚，恐怕立刻就會被村長殺掉。

安排好的三個屬猴的青年走上前，緩緩將棺材蓋移開。頓時，一蓬蓬的白氣從棺材中噴了出來，嚇得所有人都向後退了幾步。

小雜貨店外坐滿了人，全村人都聚集起來。可是每個人都心裡發虛，毛毛的，沒人敢隨便說話，整個場地寂靜得落針可聞。

就算家裡有小兒夜啼，都被家長死死的捂住了嘴巴。

白氣往外吹了幾公尺後，消散在空氣裡。亂墳村的夜晚很冷，但是由於人群聚集，人體輻射出的紅外線和無數盞點亮的白熾燈的緣故。小雜貨店旁的氣溫升高了好幾度。但是棺材中異常冰冷，溫差巨大。刺骨的涼意吹了幾個小夥子一臉。嚇得他們不知所措。

「棺材蓋放好，用竹竿將趙雪挑出來。千萬別碰它的身體。黑毛玄屍，生人一碰就會死。」陰陽先生用低啞的聲音喊道。前幾晚抬趙雪屍體去燒的幾個年輕人，第二天便離奇死掉了。

死狀和趙強一模一樣，屍體同樣燒不掉。至今還擺在亂墳村趙家的宗族祠堂裡，沒人敢動。就因為發生了這種事，村長才下定決心，就算是造天大的孽，也要將趙雪這具黑毛玄屍儘快搞定。

聽到命令後，幾個小夥子這才小心翼翼的用早就準備好的竹竿將趙雪的屍體挑起。還好它的身體輕飄飄的，如同羽毛般很容易就被挑到棺材旁的架子上。

「給新娘換衣服！」陰陽先生一揮手，又道。

幾個紅娘臉色發白的走上去，以儘量不碰著屍體的方式，將趙雪的衣服脫下來，換上紅色的婚袍。

雖然紅娘很有經驗，但也足足花了十多分鐘，才將這套已經簡化過的婚袍穿好。

衣服一穿上，趙雪屍體煞白的臉色頓時蒙上了一層妖異的紅。

「起轎，進堂！」陰陽先生吩咐小夥子抬起裝著黑毛玄屍的轎子，繞青瓦房一圈後，來到了打穀場前。

「焚紙錢。」陰陽先生一邊說，一邊拿起大堆紙紮的金銀元寶，丟進熊熊火堆中。將準備好的元寶燒完，這才拿出一把竹子做的弓箭遞給助手：「新娘射將軍箭！」

幾個紅娘把弓拿過去，掀開紅轎的簾子，將弓箭塞進趙雪屍體的手中。這只所謂的黑毛玄屍猶如提線木偶，兩隻手都被纏上了幾圈魚線。青壯年們操縱著魚線，將它的手抬起。

趙雪屍身一握住弓，就死死的拽住。嚇得幾個紅娘一屁股坐在了地上，幸好這當口還記得不能出聲，只好死命的捂住嘴巴。

「愣著幹啥子，還不快讓它射箭！」陰陽先生苦著臉，他這輩子活冥婚是主持過幾次，但還真沒遇到過像今晚如此恐怖的。

其中一個小夥子提心吊膽的走到屍體旁，用竹子做的箭剛輕輕一碰弓弦。弓竟然詭異的射出一道直線，箭，準確的落在猴子的新郎服上。

陰陽先生心裡「咯噔」了一聲，沒想到這只黑毛玄屍如此渴嫁。到底它生前是有多想嫁人啊？死後還如此迫不及待的想要洞房了！

「將軍箭一射，恩愛百代！」陰陽先生哭笑不得，按照流程大吼了一聲：「夫妻兩人雙雙入桃屋，拜見高堂！」

兩組人一組抬著昏過去的猴子，一組將趙雪屍體從轎子中拉扯出來，向小雜貨店旁的桃屋走去。

陰惻惻的風，不知不覺，吹得越來越烈了。瓦房前的頂上鋪的一層油紙布，被風吹得「唰唰」作響。聽的人越發的毛骨悚然起來。

「殺雞！」陰陽先生喊道。

村人將六隻四歲左右的紅冠公雞抓出來，任憑牠們叫個不停，狠著心手起刀落。鋒利的刀落在公雞的脖子上，雞頭立刻被割斷。六道血線頓時從動脈血管裡噴射而出，直直的落在了地上。

雞血染紅了一地，紅到刺眼。

「跨過雞血，富貴榮華。」六隻死掉的沒頭公雞被隨手擺放在堂屋前，陰陽先生示意抬著新娘新郎的村人從雞血和雞屍上跳過去。

仍舊昏迷的猴子與趙雪屍體，終於進入桃屋中。一人一屍被擺成跪地的模樣，跪在趙雪母親李英跟前。

李英見著女兒女婿，頓時「哇」的一聲哭了出來，流淚不止。

「閨女，妳嫁人了。妳真的嫁人了。」李英大哭道，哆嗦的從懷裡掏出兩個帶有體溫，皺巴巴的紅包，「為娘沒本事，從來沒給妳過過好日子。希望妳在下邊能幸福。至少下輩子投胎給個好人家，不要再像今生這麼苦了！」

說完，這才用力將紅包塞進兩人的衣服裡。

「拜高堂！」陰陽先生一眨不眨的盯著趙雪的屍體看。終於，冥婚最重要的地方來了。眼前的黑毛玄屍能不能燒掉，就要看接下來的發展。

「一拜高堂！」

一人一屍就這麼詭異的被架著，朝太師椅上坐著的李英重重磕頭。

「二拜高堂！」

趙雪的屍身這段時間接觸到空氣後，頭髮指甲反而停止了生長。不知是不是錯覺，現在甚至有往回縮的跡象。陰陽先生暗喜，果然這個小丫頭生前最大的願望是想嫁人。

願望一了，戾氣就會從嘴裡噴出來。黑毛玄屍的氣破後，無論是它本身，還是被它害死的人，才能被火燒掉。

「三拜高堂。」

猴子和趙雪屍體再次重重的腦袋磕地，將最後一次拜禮做完。只聽著空蕩蕩的磕頭聲響起，整個打穀場，數百人的心終於落下，鬆了口氣。

陰陽先生看趙雪的屍體似乎又變軟了些，頓時臉上的喜色壓都壓不住：「送入洞房！」

抬著一人一屍的青壯年和紅娘們喜氣洋洋的把猴子送進青瓦房最裡邊的一個房間。這個房間本就是趙雪生前住過的，現在被村人裝飾得滿眼全是喜慶的紅，漂亮得很。

房間中的擺設似乎和別的新人洞房沒什麼區別，只不過怪就怪在房子正中央放著一口黑漆漆的棺材，老棺材。棺材上的漆已經斑駁了，但是製造棺材的木質很細膩，並沒有破口。

陰陽先生拿著一對蠟燭繞著洞房慢慢走了一圈，最後將紅色的蠟燭插在棺材前的香爐中。

蠟燭的火焰死死的往上沖，燃燒得極為旺盛。

陰陽先生將手上的蠟淚隨手在衣服上一擦，然後拍了拍那口老棺材，滿意的點頭：

「趙家老祖宗的棺材，一百多年了還能這麼結實，果然是用料上乘。只有老棺材的陰氣，才能壓制戾氣。黑毛玄屍只要在裡邊一躺下，就翻不了身了！」

說完，他衝背後的人一招手，「將它放進去！」

紅娘連忙將趙雪屍體小心的放入老棺材裡。陰陽先生又吩咐人把新郎官猴子放到床上，這才把老棺材的棺蓋蓋好。

在棺材蓋上釘了九九八十一根棺材釘，陰陽先生對著助手一招手：「拿墨斗、糯米來！糯米在棺材旁撒一圈，千萬不能有破口！」

助手神色一變，還是照做了。

陰陽先生將棺材表面彈滿筆直的墨痕，才領著所有人走出新房。最後將兩扇結實的大門鎖死，又貼上兩張雪白的長條紙。

兩張白紙交錯在門上像個大大的叉，白紙一貼，一股惡風突然就從堂屋外吹了進來。吹得門口的人險些站不穩當。

陰陽先生深吸一口氣，「那黑毛玄屍好凶，我們也離遠些。如果本人算得沒錯的話，屍體明早應當就能燒得掉了！」

亂墳村的村長在陰陽先生吩咐下，讓全村人都隔著十多公尺遠的距離，靜靜準備坐到天亮。就算是屋主人李英也被人從屋子裡勸了出來。

陰陽先生不准人回去，也沒人敢真的回家。鄉下地方還很迷信，許多人不信老師，不信專家，只聽當地出名陰陽先生的話。

正當村人提心吊膽的等在打穀場對面時，洞房裡的猴子捂著沉重的腦袋，終於清醒了過來！

這個天然呆歪貨法醫在大紅床上掙扎了好幾次，這才將身體撐起，半坐在床沿上。

「嗚嗚，好暈啊。剛才我明明沒喝酒嘛。」猴子用力敲了敲腦袋，睜開眼睛，整個人猛地呆住了。

咋個回事？這到底是啥子地方？

這個陌生的房間中，滿是刺眼的紅，許多點燃的紅蠟燭就擺在房間的各個角落，將黑暗驅散，點亮房間。

可無論房間中如何明亮，猴子都覺得骨子裡有一種深入脊髓的陰冷。這傢伙只是有些天然呆，並不算笨，很快就猜到了前因後果。

「你婆的仙人板板，暈之前老古說村子裡要舉辦冥婚。莫不是老子成了主角？」

猴子低頭看了一眼，哇靠，他竟然還真的成了新郎。身上的大紅衣服要多俗氣有多俗氣。

最重要的是，離床不遠的地方，居然擺著一口棺材。一口陰森森的棺材。這都還想不通的話，腦袋就是真有問題了。

「這裡是趙雪的老家，棺材裡肯定躺著趙雪的屍體。該死，老古他們三個哪裡去了？」猴子心思一轉，還是感到此地不能久留。趙雪的屍體顯然和大豐神陵墓有關，只要牽扯到那個墓，從來就沒有啥子好下場。三十六計走為上！

想到這他立刻從床上跳起來，衝到門口，想要逃出去。可是門被封死了，任他怎麼敲都撞不開。

「格老子，硬是想要哥子的命啊！」猴子皺了皺眉頭，突然肚子「咕嚕咕嚕」的響個不停。他居然在這節骨眼上，餓了！

眼神在房間裡掃視一周，棺材邊上有個供桌，擺放著大量雞鴨魚肉等供品。看得這傢伙眼睛頓時一亮。

「好餓啊！最近消化系統變得不是一般的好。」猴子望著那一桌子的好酒好菜，猶豫躊躇沒幾秒，就被鋪天蓋地的饑餓感徹底打敗。

「算了算了，要死也要弄成個飽死鬼先。」他猛地撲了過去，隨手抓起一根雞腿胡吃海塞。

一桌子的酒菜很快就被這傢伙給消滅了大半。認真填五臟廟的他完全沒有注意到，棺材前的那兩根蠟燭，火焰本來還筆直的往上冒著。可是突然間，不知從哪裡竄來一股邪風，火焰搖晃幾下後，猛地就滅掉了！

蠟燭一滅，小雜貨店外瞬間產生了異變。

百無聊賴的等在外邊的數百亂墳村鄉親有眼尖的，突然指著桃屋門口整齊擺放的六隻沒有腦袋的雞，打了個冷顫，「大師傅，那些雞剛剛似乎動了一下！」

「死掉的雞咋個可能動！」陰陽先生搖了搖腦袋，轉過身去，不信的望了一眼。就在那當口，沒腦袋的雞頓時發擺子似的動個不停，像發了瘋般，連身上的雞毛都被抖落許多。

陰陽先生的話音還沒落，張大著嘴巴，臉色霎時間變得一片慘白，「完了。完了。屍變了！終究還是屍變了！」

村長眼看著沒有腦袋的公雞紛紛從地上跳起來，在打穀場上跑來跑去，背脊一陣陰冷，寒毛都豎了起來，「大師傅，究竟咋個回事？」

「快把公雞抓起來！快！」陰陽先生一把抓住村長的手。

村長渾身一抖，連忙吩咐全村人動員，將那些沒頭的公雞全部抓住。可那些雞雖然沒有腦袋，但卻極為靈活，無論怎麼追都追不上。

就在打穀場上數百人亂七八糟的抓死雞時，新房裡異變突生。

猴子嘴裡塞滿肉食，正在鼓著眼睛使勁兒咀嚼。

突然，他的咀嚼停住了。這傢伙的耳朵裡老是聽到附近有一股異響傳來。聲音的來源，似乎近在眼前！

「屍、屍、屍變了？」猴子秀逗的腦袋終於意識到一件可怕的事情。異響不斷的傳入耳中，越來越大。明明是密封的空間裡，偏偏不斷有風在地上亂吹。

最可怕的是，一直死寂的棺材中，開始響起掙扎的聲響。棺材蓋猛地被撞擊了幾下，棺上的墨斗痕跡，都被撞得彷彿流淚似的，不停從棺材上往下流。很快就變得模糊不清了！

「要糟！」猴子再也顧不上吃，幾下跳到門口，拚命撞擊新房的門。可是房門還沒被撞開，棺材蓋上的九九八十一根棺材釘已經從蓋子上飛起，然後重重的落地。

緊接著蓋子被掀開。

一襲烏黑的長髮，流水般從棺材中爬了出來……

第五章◆引魂姻

頭頂上的月，散發著說不盡的邪氣。

山上的風陰冷異常，在這個遠離大城市的遠郊，人類文明似乎比想像中更加脆弱。

我被一個鄉民像是破布袋般扛在肩膀上，眼睛緊緊地閉上，身體軟啪啪的。直到海拔越來越高，亂墳村那團紅色的燈火已經模糊得只剩下隱約的影子後，這才終於忍不住了。

偷偷睜開眼，瞅了瞅周圍。山風呼嘯，死寂無人，確實是個殺人焚屍的好地方。視線落在秦美女臉上時，她的睫毛抖動了幾下，隨後便偷瞇著雙眼，和我四眼相對。

「靠，妳也是裝暈的？」我動了動嘴唇，用唇語說。

秦思夢冷笑了一下，算是默認了。

就在這時，旁邊的老五突然發難，一巴掌拍在揹著他的鄉民腦袋上。鄉民措手不及向前一跌，身體失衡的倒在了地上。

「都別裝了，老子曉得你古小娃兒和秦女娃都醒著。」老五兩腿著地後，扯開距離，從背後抓起藏在衣服裡的彈弓，「唰唰唰」三個手指粗的石頭就射了出去。

每顆石頭都精準無比的擊中一個鄉民的腦袋，那些剛慌亂起來的鄉民屁都還沒冒一個，就全被打暈過去。

「老五叔，你就不能下手輕一些。這些傢伙看起來至少半個月起不了床。」我調侃的衝他比劃大拇指，「不過這一手弄得漂亮，你什麼時候醒的？」

「老子咋個可能被這種小伎倆蒙倒？」老五很是不屑：「古小娃兒，你也根本就從頭到尾都在裝暈吧？」

「嘿嘿。」我乾笑了兩聲，「廢話。一進亂墳村唯一的破爛旅館，村人向我們每個人要身分證開始，我就懷疑起來了。那傢伙在猴子的身分證上，可是仔細的多看了幾眼咧。」

「戲演得這麼糟糕，我怎麼可能會不多加警戒！」我轉頭看向秦思夢：「大美女，妳也沒著道吧？」

秦思夢臉一紅，點頭：「結果從頭到尾，只有猴子那傢伙真的被蒙汗藥弄暈了。」

「好了，閒話少說。去看看這個村子的人，究竟想要搞啥子鬼。」老五撇撇嘴，率先向山下走去。

我不置可否，讓秦思夢扯來幾根藤子，把三個村民全部綁起來。這才追了上去，「光是看那團紅光，就知道村子在舉辦活冥婚。新娘是趙雪，而新郎百分之百是可憐的孫猴子。」

「活冥婚？」秦思夢眨巴著眼，「你提到這個詞好幾次了。冥婚我是聽說過，但是這活冥婚到底和冥婚有什麼區別？看無論是你，還是村子裡那些人，一提到這詞臉色都怪得很。」

「冥婚在四川，通常是死人和死人的結合。而活冥婚，其中一個是死人，另一個卻是活人。」我嘆了口氣：「這種活冥婚要是在平時，也算不得什麼。可麻煩就麻煩在，趙雪的屍體，不尋常。」

「趙雪自殺後，因為大豐神陵墓其中一個鎮壓墓的緣故，產生屍變。現在隔了這麼久的時間，就連我也搞不清楚，它的屍體究竟變成了什麼模樣。」說到這，我把聲音壓低，「但是隨便猜，都清楚狀況肯定很糟糕。但凡村子裡有個稍有些見識的陰陽先生，都會採用另一種特殊的活冥婚。」

我的視線落在山腳下那團紅光上，下邊似乎陷入混亂，村人正在村子中央的打穀場上跑來跑去：「那就是……引魂姻。」

「引魂姻？」秦思夢皺了皺好看的眉，「聽不懂。」

「引魂姻是冥婚中，只有最糟糕的狀況下，才會遵循的冥婚禮。」我解釋道：「婚禮看起來似乎和普通的沒什麼不同，但是卻會多兩道流程。其中一樣是讓死者射將軍箭，如果活著的一方被死掉的那方射中，姻緣就會聯繫起來。」

「姻緣連接後，活人一輩子無法嫁娶。否則，無論娶誰，對方都會在七天內死亡。」

秦美女嚇了一大跳：「這麼陰損！」

「這還不算陰損。還有更陰損的！」我撇撇嘴，「射將軍箭後，便會殺六隻四歲的大公雞。六代表不圓滿，公雞是用來賄賂陰差的。只要一生一死的兩個人跨過了公雞血和公雞屍體，死者就不會被鬼差帶走，會永生永世和生者糾纏在一起。」

「這根本就是詛咒了嘛！」秦思夢感覺背後涼颼颼的，看我和老五的神色也鄙夷起來，「小古，你明明知道這麼凶險，居然還讓村裡人將猴子帶走。」

我瞇著眼睛，冷哼了一聲，「其實來的時候，我就有心理準備了。無論村人帶走我，還是猴子。甚至趙雪生前有百合傾向帶走了妳，我都不會阻攔，甚至會盡力配合。」

秦思夢頓時停住了腳步，「為什麼？」

「因為不這麼做，趙雪的屍體，根本就帶不走！」我一個字一個字，咬牙切齒的說道：「老五叔，就算你什麼都不跟我們解釋。但我猜測，你要的根本就是趙雪的屍體，對吧？」

老五渾身一抖，終究還是開口了，「不錯。我要的就是它。它是開啟大豐神陵墓的關鍵！」

「現在我也不問為什麼了。只希望你去大豐神陵墓前，給我個確切的解釋！」我揉了揉腦袋，感覺太陽穴有些隱隱發痛。

秦思夢不依不饒的問：「我還是沒搞懂，為什麼不犧牲一個人，趙雪的屍體就沒法帶走。」

「這個老子倒是能解釋。」老五嘆了口氣：「趙雪的屍體現在肯定變異了，如果它身體裡真的是那個組織從其中一個鎮壓墓中挖出來的怪東西，就會被當地人錯認為是黑毛玄屍。但現在的趙雪比黑毛玄屍可怕得多。誰碰誰死！」

我點頭，「來的路上，我就調查過了。趙雪的屍體莫名其妙的出現後，接觸過它的人確實全死了。只有她老媽李英屁事也沒有。所以我猜測，除非是直系親戚，否則沒人能碰過那具屍體後，安然無恙。」

背後陰謀設計我們的神秘勢力，究竟為什麼要將那些可怕的頭髮弄入趙雪的身體，逼死她後，又將屍體放回她家裡？到底有什麼目的？

這是我最不解的地方。

「引魂姻可以壓制屍體身上的頭髮發出的超自然力量。雖然原理我還不清楚，可是透過引魂姻讓我們其中一人成為趙雪的丈夫，晉升為直系親屬。那麼帶走趙雪就沒有困難了！」

解釋完，我又嘆息道：「其實我們四個人中，唯有猴子成為趙雪的丈夫，才是最安全的。因為他身體裡也有同樣的頭髮。因為那些神秘頭髮中的超自然力量屍變的趙雪，想要殺死他都難。」

秦思夢被我倆的解釋弄得頭皮發麻，好一陣呆愣。

一邊說著話一邊下山，很快我們三個就來到了打穀場附近。突然，有一隻沒腦袋的公雞出現在了自己的視線裡。

我嚇得險些跳了起來，「怎麼可能！活冥婚用的公雞居然自個兒跑起來了！」

秦美女也被嚇得不輕，腿都在發抖，「死掉的雞也能跑，它們的神經究竟是有多遲緩啊！」

「不好，猴子有危險！」老五臉色大變，扯著我們繞過亂糟糟，拚命在逮無頭公雞的村民的視線，跑到了小雜貨店後邊的青瓦房背後。

隔著一層單薄的牆壁，我們竟然聽到猴子撕心裂肺的慘叫聲！

我們三人面面相覷，完全搞不清楚裡邊的猴子究竟發生了什麼事，居然會叫得如此淒慘。

「爬上去！」我的視線一掃，迅速判斷砸牆不可行，先不論牆砸不砸得開。如果真砸開了，萬一新房裡的屍體真屍變了，我們反而會陷進去。

這棟青瓦房的房檐低矮，又是順著坡修建的，只要一跳就能搆到雨簷。自己率先向上爬，老五和秦美女也輕鬆的攀了上來。

「噓，小心，儘量不要發出聲音。務必要躲開村人的視線。」我壓低音量，四肢著地，緩慢向前移動。

這間青瓦房不知道有多少年了，許多瓦片都有破裂的痕跡。只能小心翼翼的繞開破瓦，才不至於掉下去。

屋子裡猴子的慘叫聲越來越淒厲，像是誰快要了他的命。我不由著急起來。終於到了一處絕好的位置，我們三人緊張的吞下一口唾液，將青瓦揭開。

頓時，洞房裡的景象，一覽無遺的映在每個人的眸子裡。

只見猴子一邊慘叫，一邊使勁兒的抱著房子中間的柱子拚命往房檐上爬。而喜慶的新房中，全是刺眼的紅。無數根蠟燭散發著異常大量的光和熱，可是任憑蠟燭有多努力，房間裡始終圍繞著一層快要實體化的陰氣。

揭開了房瓦後，陰氣似乎有了宣洩口，猛地朝我們三人撲過來。

「哇靠，好冷！」我打了個寒顫。

瓦片被冒上來的陰氣掃過，頓時結了一層寒霜，恐怖得很。最可怕的是，下方一口黑黝黝的老舊棺材中，黑色的長髮正不斷往外冒。長髮烏黑油亮，彷彿沒有盡頭似的，流水般噴湧而出。

其中的一端，正好死死的纏在猴子的小腿上。

「果真屍變了！」老五的臉皮跳了幾下，大駭不已，「快讓猴子爬上來，再晚就沒得救了！」

我小聲朝不遠處，在柱子上爬個不停的孫喆喊了一聲：「猴子，往這裡爬。我們儘量抓住你的手，把你給拽出來。」

嚇得都快要大小便失禁的猴子聽到我的聲音，頓時如同找到了靠山般，鼻涕眼淚都噴湧而出，「老古，你可來了。哥子我都快被爆菊了！這仙人板板的趙雪，死了都有怪癖，真不知道生前是多怪個女人！」

「廢話少說……」我眼尖的看到纏在他腿上的長髮努力的想要鑽進猴子的屁股裡，正想調侃幾句，猛然間異變突生！

也許是聞到了生人的味道，棺材中突然噴出一股寒氣，盤在新房地上彷彿蛇一般扭來扭去的漆黑髮絲抽搐了幾下，竟然詭異的停止了活動！

「不好！」我暗叫一聲不好，話音還未落下，棺材中陡然響起「啪」的跳躍聲。猛地從棺材中竄出了一抹黑影。

猴子嚇得險些落了下去，「活了，它活了！」

「都閉嘴，千萬別說話！」我警告老五和秦思夢，然後閉緊了嘴巴。眼睛一眨不眨的觀察著新房中的一切變化。

棺材裡跳出的果然是趙雪的屍身，它雙腳著地，頭髮不成比例的拖拉在地上。臉孔煞白，眼睛緊緊閉著。手如爪子一般皺巴巴的，每根指甲都長達三十公分。彎彎曲曲，在紅色燭光中，反射著冰冷的寒光。

秦思夢被這屍變的屍體，嚇得不停往外冒冷汗。

這只所謂的黑毛玄屍探頭伸出鼻子，在空氣裡聞來聞去。隔了幾秒鐘，彷彿聞到猴子的味兒，立刻羊癲瘋似的渾身抖動不止，然後一跳一跳的跳到了柱子下。黑毛玄屍手一招，頭一搖，柱子上拚命往上爬的猴子立刻前功盡棄，活生生被拽了下去。

「小古快想辦法，趙雪想要把猴子殺掉！」秦思夢急了起來。

我眼睛閃爍著，有些疑惑，「不對，它不像是要殺猴子。」

「怪了，這怪物究竟想要幹啥？」老五也看到趙雪屍身的怪異舉動，同樣大惑不解。

恐怖的屍體將猴子抓在手上，身上豔麗的大紅婚袍迎風招展，說不盡的陰森詭異。它手隨意一甩，沒有想要猴子的命，甚至沒有傷害他。嚇得快要瘋掉的猴子被甩到空中，劃過一道弧線，直直的落在了豔紅的大床上。

接著這具怪屍，也向前一跳，向床上跳了過去。

黑漆漆的長髮鋪天蓋地，拖拉著順著屍體的軌跡，全都湧到了床前，翻滾不停。

我驚訝得下巴都快落在了地上，「這怪物，確實沒有傷害猴子的心。但是你妹妹的，它是想要和猴子洞房花燭，真的行夫妻之實啊！」

沒想到趙雪生前挺害羞的，結果死了居然變成個實在的行動派。

猴子的貞操大危機！

「老古，救命啊。哥子的貞操可不能毀了，哥子還是活生生的處男啊！」猴子被變異的屍體死死壓在床上。趙雪恐怖的臉猙獰無比，它低垂的腦袋下方爆發如潮，每一根髮絲都像是延伸出去的手，用力的將孫喆的四肢綁住，扯開，姿勢極為不雅。

屋頂上的我們看傻了眼。

「嘖嘖，沒想到這小女娃的屍體還好這口。現在的年輕人真不得了哇，是傳說中的SM吧？」老五嘖嘖稱奇，說著風涼話。

瀑布般的長髮，壓制了歪貨法醫的所有掙扎，甚至開始一件一件的脫起了他的衣服。猴子如殺豬般的慘叫，「格老子的老五，再開黃腔，哥子殺了你！」

隨即又哀求道：「老古。算哥子求你了，快救我哇。哥子真的要意志不堅定，撐不住了。」

我撇撇嘴，「怕什麼，你又沒生命危險。最多吃點虧嘛。」

「吃你婆的虧，有美女強姦哥子，哥子也就認了；可是姦屍我真做不出來，何況還是被屍體姦！」猴子驚駭得臉色發白，不是裝，是真的快哭出來了。

秦思夢一臉怪異，實在不好評論，但說出來的話卻殺傷力十足，「人家小倆口洞房，我們乾脆迴避一下吧，免得長針眼。猴子，完事後記得把你老婆帶走。」

猴子已經被脫得只剩下小內褲了，白生生的肉體橫陳，一副被侵犯的小白兔模樣。趙雪的屍體上，紅色的婚袍鼓脹，似乎隨時都會脫體而飛。

一人一屍的曖昧，看得屋頂上的我們說不出的八卦心大盛。我叩了叩腦袋，非常沒有良心的摸出手機，「離開幹嘛，千古難逢的奇景哇。拍下來放影音網站肯定能爆紅。」

說著煞有其事的打開了手機。

「去你的老古，哥子碰到你們三個，算是倒了八輩子楣了。」猴子破口大罵。

我冷笑了一聲，隨後打開手機的手電筒功能，頓時一道白光射出，如同刀一般，刺在屍體的腦袋上。正準備脫婚袍的趙雪屍身猛地仰天嘶吼，一口白氣從嘴裡吐了出來。

「還真有用！」我大喜。被那種頭髮組織附體的怪物們，似乎都有一個特質，那就是怕太陽。LED燈是白光，充分模仿了太陽的光線。趙雪被照到的位置，頓時融化出了一團黑色焦痕。

抬起頭的趙雪，煞白的臉上充滿了戾氣，本來閉著的眼睛猛地睜開。它的眸子中滿是血紅的鼓脹血管，眼白裡甚至還冒出了幾根毛髮，看得人直發悚。

它似乎在恨我壞了它的好事，眸子一眨不眨，直勾勾的盯著我看。看得我背脊發涼，毛骨悚然。

「躲！」我吼了一聲，一邊向後縮，一邊朝新房中扔出一把小剪刀：「猴子，想活命的話就把全身的毛都剪掉，下邊的毛也別落下。」

「帶著身上剪下來的毛，到外邊來找我們！」

話音剛落，憤怒的趙雪屍身已經雙腿一彈，衝破青瓦跳到了房頂上。它好幾公尺長的頭髮密密麻麻的在空中招搖著，向我們三人刺了過來。

我嚇了好大一跳，連忙用LED燈照那些黑漆漆的毛髮。毛髮頓時受傷般的往後縮了一些。但是趙雪屍體顯然急著解決我們，然後回去繼續強姦猴子。它控制著頭髮結成一堵牆，乾枯的手指往前一伸，長長的捲曲指甲立刻彈了起來。

靠，指甲居然變直了。筆直，每一根都如同長長的刺，鋒利無比。

我們三人看得直瞪眼睛。人類的指甲是由角質蛋白組成的，脆而沒有彈性。怎麼可能從彎曲瞬間變成了筆直呢？

現在的趙雪，真的僅僅只是一具人類屍體嗎？太不可思議了！

我們四散著從屋頂跳下去，在月色中逃跑。那該死的變異屍體為了回去繼續圓房，真的滿拚的。完全認準了我，彷彿極恨我壞了它的好事，根本就不去追秦美女和老五，就跟在我屁股後邊不停攻擊！

自己哪裡敢怠慢，這姑奶奶可是除了直系親屬外，一碰就會讓人死的貨色啊。我被追得直罵娘，踩著S形曲線自顧自的朝亂墳村人最多的地方逃竄。

站在打穀場對面的村長和陰陽先生最先看到我，村長臉色發黑，低聲對心腹說：「該死，怎麼是他。不是說已經處理掉這些個來旅遊的傢伙了嗎？」

還沒等心腹回話，眾人全都臉色慘白起來。他們看到了我背後一個穿著紅色婚袍，笨拙的一跳一跳的女人身影。

那個女人看起來有些熟悉，好像，好像是趙雪的屍體！

「哇，屍變了！」村長的心腹尖叫一聲，啥也不顧的轉身就跑。

這一聲慘叫嚇到了還在捉沒頭公雞的村人，每個人都回過頭，恐懼的眸子裡全是屍變的趙雪。

「屍變了。趙雪那丫頭真屍變了！」恐慌在蔓延，所有人都開始逃命，場面完全失控了。數百個男女老少逃跑的模樣極為壯觀，前邊是奔跑的人群，後邊只有一具緩慢跳躍的屍體，穿著紅色大袍子在追趕。

落在最後邊的人被變異的屍體一爪子抓住，在脖子上一咬後，隨手扔到地上。一挨著地，那人就臉上結滿寒霜，沒了氣息。

在死亡的威脅下，我逃得更加帶勁了。身後不斷有老弱病殘被趙雪咬死，景象恐怖淒慘。

就在自己跑得肺都快要燒燃的時候，猴子終於衣衫不整的，從青瓦房裡跑了出來。越過打穀場，遠遠的衝我喊道：「老古，這些毛髮你準備用來幹啥子哦？」

他手裡晃著一大把黑漆漆的東西。靠，這傢伙平時看起來白白淨淨的，沒想到體毛還挺茂盛。

我來不及回頭，大聲吼著：「全部丟在地上，割開手指，在毛上滴一滴血。快！老子撐不住了！」

猴子對我的吩咐摸不著頭腦，但還是照做了。

血剛一滴到毛髮上，背後追趕我們的趙雪屍身猛地一抖，然後果斷放棄繼續追。一轉身，幾個跳躍就跳到那堆油亮的猴子體毛前。伸出手，居然大口大口的抓住毛髮，朝自己的嘴裡塞。

猴子瞪大了眼睛，「死人也要吃東西？嗜好還真特別，喜歡吃體毛。」

「它只是喜歡吃你的體毛而已。」我撇撇嘴，招手讓躲在遠處的老五過來：「老五叔，接下來就麻煩你了。你肯定有辦法讓這屍變的趙雪平靜下來吧！」

老五桀桀笑了兩聲：「當然。本來老子的辦法還有些沒搞頭，不過你讓它吃毛這一招很好。省了老子很多事。」

說完，他從懷裡掏出一個小袋子，朝不停啃食毛髮的趙雪屍身撒去。轉眼的工夫，這具變異屍體上就長滿了密密麻麻的白色菌株。一棵一棵，迎著風，越變越大。

「好噁心！」秦美女捂住嘴，她這個不是密集恐懼症的患者，都被弄得頭皮發麻起來。

菌株迅速生長，沒幾分鐘就將趙雪的屍體團團包住，而屍體竟然就這樣停止了活動。

「好主意，用血頭菇上的超自然力量來封閉趙雪屍身中頭髮的超自然力量。兩種超自然力量本就是同源，只要運用得當，就能相互抵消。」我讚賞的對老五豎起大拇指。

老五雖然沒說，但是我清楚得很。他手裡頭血頭菇的孢子之所以如此不尋常，肯定是因為大豐神陵墓的關係。而趙雪身上的頭髮同樣來自鎮壓墓。難怪老五那麼有信心。

「誇老子，老子也不會給你娃紅包。」老五略有些得意，眼睛瞪了猴子一眼：「還不快揹著你媳婦，我們馬上離開亂墳村。」

「又是哥子揹啊！」猴子苦著臉，終究還是無奈的將趙雪的屍體揹在了背上。誰叫他現在已經變成了趙雪的丈夫，真正的直系親屬呢。只有他揹屍，才能保證沒事。

秦思夢看著亂成一團的亂墳村，有些遲疑，「下一步，我們去哪？」

我和老五對視了一眼，同時吐出了一個地點，「峨眉山。」

「老五叔，看來你早就知道大豐神陵墓的具體位置了。」我冷笑了兩聲。

老五乾笑，「僥倖猜到的。」

我搖了搖頭，沒有再繼續說下去。這傢伙雖然跟我們合作，但是人仍舊狡猾得很，什麼話都藏在肚子裡。路遙知馬力日久見人心，想要讓他真心歸服，看來還有一段不短的路啊。

「走吧，先去峨眉。」我看了看手機，臉色頓時陰沉下來。

最近這段時間的活動實在有些順利得過頭，背後的神秘勢力也似乎蟄伏下來，沒有再耍陰招。可是自己心裡仍舊有一種山雨欲來風滿樓的感覺，急迫得厲害。

現在是凌晨兩點半。

離我們的詛咒發作，只剩下了六十九個小時！

第六章◆恐怖的捨身崖

峨眉，旅遊管理局。

老張拿著一個茶杯，悠閒的坐在椅子上喝茶看報紙，突然一個二十多歲的小夥子猛地從門外衝了進來，一臉發白的叫道：「張老大，有人，有人跳崖了！」

「叫啥子叫，小聲點。」老張慢吞吞的放下手裡的報紙：「從哪個崖頭跳下去的？」

「捨身崖！」小夥子急促的說：「快去救人啊。」

「幾號？」

「三號！」

老張一聽是三號捨身崖，又將桌子上的報紙拿到了手上，擺擺手，「既然是三號捨身崖跳下去的，沒救了。去找劉狗子吧。」

「劉狗子？」小夥子一臉疑惑：「他是誰，哪個長官？他能救人？」

老張拍了拍自己的腦袋，「哦，都忘了你是新來的。怪不得這麼驚驚乍乍。每年從捨身崖上自殺的人多不勝數，我們管理處將路都封了，可還是有人執意偷偷溜過去。」

他嘆了口氣，「那崖頭確實叫捨身崖，但是這些自殺的年輕小夥子腦袋都是被門縫夾過的。從捨身崖上跳下去就算是捨身了？能成仙了？可笑得很！」

老張指了指管理處外一個隱蔽的樹林，「劉狗子救不了那個自殺的人。歷年來跳下捨身崖的，還沒有一個能活著救起的。不過唯獨他劉狗子能將屍體揹回來。你去找他吧。」

新來的小夥子摸了摸腦袋，雖然有些聽不懂，但是總覺得前輩口裡那三號捨身崖似乎有些不簡單。像是有某些令人毛骨悚然的東西存在。

他轉身去找可以揹屍體的那個劉狗子後，沒等老張繼續閒著，又有幾個人推門走了進來。

來的是四個人，有老有少，三男一女，揹著大包小包的東西。自己的直屬長官滿臉堆笑的陪著他們，來頭不小啊。老張不敢馬虎，立刻從椅子上站了起來，身體繃得筆直。

「老張啊，你來跟這幾位說說情況。」長官轉過頭來後，臉上堆滿的笑容立刻變了，變得滿嘴苦澀，「他們要下捨身崖！」

「下、下、下捨身崖？」老張手裡的茶杯嚇得沒拿穩，「砰」的一聲掉在了地上。

這三男一女，四個人，自然就是我、猴子、秦思夢以及老五了。我們日夜兼程趕到峨眉山。幸好秦美女的家世確實不凡，幾通電話，託人讓峨眉山的某個有實權的長官寫了封介紹信。管理處的人一看條子，立刻熱情得不得了。

「你們真要下捨身崖？」叫做老張的中年人臉都皺緊了，似乎我們說了什麼不得了的禁忌，「可要想清楚了，那捨身崖，只有死人才能下去。」

猴子撇撇嘴，「難道這麼多年，沒有人下去過？」

「不可能！不可能！不可能有人下得去。」老張頓時搖頭，「就算要下去，也只有一種方式，那就是從崖頂跳下去。」

我神色一動，開口道：「張老，別想多了。我們只是想去三霄寺看看。」

「三霄寺？」老張頓時鬆了口氣：「那行，雖然三霄寺的路已經封了幾十年了。但是也並不算太危險，我立刻派人給你們當嚮導。」

自從幾十年前出過三霄洞慘案，死了不少人的詭異事情後，三霄洞就被廢棄了。可是每年總有些背包克和愣頭青硬是要跑去那所謂的傳奇地點看看。既然這四個不知從哪裡冒出來的大爺小姐不知天高地厚非要去瞅瞅，還是趕緊滿足他們，然後當瘟神一樣送走了事。

「不用派人了。老張，你是本地人，對三霄寺也很熟悉。就親自帶他們走一趟吧。」長官發話了。

這令老張更加謹慎。自己對峨眉山瞭如指掌，讓自己親自陪同，意思就是這四個人千萬不能出事，否則手裡捧著的鐵飯碗也就不用端了。

看著揹著大包小包的四人，甚至還有一個白白淨淨的年輕人身上還有個包裹得整整齊齊的人形物體。老張的眼皮猛地跳動了幾下，他總覺得有些地方不太對勁兒。

隨便整理了些必備品，老張客氣的做了個請的姿勢，「四位這邊請，去三霄寺的路不太好走，請務必小心點。」

我們點頭後，跟在他身後走了出去。

從管理處一路往上爬，兩個多小時後，終於到了一條人跡罕至的羊腸小路旁。這裡已經偏離了遊道，小路前更是用紅色的警示字體血淋淋的寫道：「前路危險，非遊道。請勿進入，否則後果自負。」

「這裡就是通往三霄寺的路了。自從幾十年前出了那件事後，路就封了。基本是不准人前往的。」老張小心翼翼的說，故意裝出緊張的樣子，「我也十多年沒進去過了。那邊什麼情況也是不太清楚，所以各位一定要跟緊我的腳步，不要落遠了。」

「收到！」歪貨法醫猴子嬉皮笑臉的應和著。

老五低著腦袋，一直不知道在想些什麼。

秦思夢好奇的問我：「小古，我只隱約聽說過峨眉山慘案這件事，似乎是民國時期發生的吧。究竟那時候發生過什麼？」

我瞇了瞇眼，笑起來。

「這要從捨身崖和三霄洞的傳聞說起，總之很複雜。」自己掏出平板電腦，在螢幕上一劃，一則資料就彈了出來。就著圖文資料，我說道：「峨眉三霄洞，曾經被評為世界上最詭異的洞穴之一，可怕得很。」

「據傳說它是《封神榜》中三位女仙：雲霄、瓊霄、碧霄修煉成仙的地方。洞口高五公尺，寬六公尺，有岔洞，洞道總長為兩百一十四公尺。

「峨眉山作為我國佛教的四大名山之一，遠在秦漢時期，就有方士在山上隱居，道教在山上修建宮殿，開始了宗教活動。從南北朝開始，山上開始興建佛教寺院。

「明清兩代時，佛教活動達到鼎盛，山上所建廟宇有一百五十一座之多。至今，山上香煙繚繞，但旅遊局通常不准遊客到捨身崖的三霄洞遊玩。知道為什麼嗎？」我抬頭，問了眾人一句。

秦思夢眨巴著眼睛，「據說因為峨眉山慘案之後，那個洞的地質結構變得不穩定了。」

「沒錯。三霄洞之所以被稱為『死亡之洞』。確實是因為一九二七年時發生的一起慘案。那起恐怖的事件至今仍令人們不寒而慄，心有餘悸。直到現在，慘案發生的原因，還沒人能搞清楚。」

猴子叩了叩腦殼，「老古，你就別吊人胃口了。八十七年前，究竟發生了什麼？」我舔了舔嘴唇，看了老張一眼，繼續道：「那所謂的『三霄洞慘案』發生前，三霄洞還是佛教的熱鬧之地，洞外廟宇雄壯，環境清幽。

一九二七年，秋季，富順籍的演空和尚出任三霄洞住持，一幫富順的善男信女捐款鑄造了一口大銅鐘，千里迢迢送到捨身崖。眾人來到洞內，已是下午三點，為朝賀三霄娘娘，唱起了《三霄計擺黃河陣》。

演空和尚忙制止說：「佛地要靜，吵鬧了三霄娘娘是要降罪的。」

大家情緒高漲，哪裡肯聽。

這時，在洞內到處點燃了蠟燭，大家團團圍著，邊唱邊跳，人聲鼎沸，鼓聲不斷，鐘聲陣鳴，使得洞內燈火輝煌、煙霧繚繞。

突然間，洞內一聲巨響，霎時漆黑一片，一股水桶粗的黃色火焰，像火龍似的從洞底噴薄而出，當場讓七十二人窒息身亡。

這一消息傳到峨眉、富順兩縣後，兩縣縣長嚇得膽顫心驚，面如土色，火速到三霄洞調查原因，但沒有結論，只好下令封閉三霄洞，將遇難的七十二人埋在三霄洞外，拆毀了洞外的三霄娘娘廟，禁止遊客到此遊玩。

沒過多久，春城的《新新新聞》週刊還以《峨眉山三霄洞慘案，三霄娘娘顯聖，七十餘人喪生》為題，報導了這一震驚巴蜀的慘劇。」

老張聽到這裡，表情頓時變得奇怪起來。

我不動聲色的繼續道：

「幾十年過去了，三霄洞路斷人稀，成為令人生畏之處。『三霄洞慘案』的發生，曾引起很多專家和學者的關注。四川有一個大學教授曾專程到峨眉山三霄洞實地探查案件始末，並察看了各個深洞。該教授的推斷，是鼓聲、喧鬧聲，震動了洞內的瘴氣所致。

但最近有不少學者提出疑問，因為瘴氣本身是不會爆炸的。那麼，山洞爆炸應該還有其他的原因。總之，眾說紛紜，究竟是什麼原因，至今還是個謎。」

我拍了拍老張的肩膀：「對吧，張老？」

「不錯。」老張點點頭，「既然這位小兄弟都查得這麼清楚了，幹嘛還要去自找危險呢。聽我老人家的一句話，回家吧！」

「我們可不是去找死的，而是去找一樣東西罷了。」我笑著說。

老張摸了摸腦殼，他覺得眼皮不停在跳，「找東西，找什麼東西？三霄寺廢棄了八十多年，根本就什麼東西都沒有了。」

「這可不一定。」我搖了搖腦袋：「死亡，向來都是中國人極為避諱的詞語。人們很害怕談論到『死』這個字，認為這是不吉利的、是晦氣的。但是，人們又逃脫不了死亡這一關。因為，生老病死就是人的常態，誰都不可能免俗的。」

說到這，我極有深意的又笑了起來，「事情過去了幾十年，不知道現在的三霄洞變成了什麼樣子。張老，聽說自發生那起慘案之後，這裡就很少有人來了。聽當地人說，這裡曾經想規劃為一條旅遊探險路線。但是道路艱險，就曾有遊客迷路。於是，政府只得再次關閉了那條險道。」

老張嘿嘿了兩聲，眼皮跳得更厲害了，「確實有這個說法。我們也是為了遊客好，三霄洞真的去不得。」

「是嗎。三霄洞去不得，三霄寺，恐怕也去不得吧。」我冷笑起來，「張老，前邊真的是通往三霄寺的路嗎？」

話音剛落，老張整個人都緊繃起來。他向後一跳，身子扭曲了幾下就想往回去的路跑。可是剛一動，我們四個人也全都動了。

「動手，抓活的！」我大喝一聲。

老五最先掏出彈弓，朝著老張「唰唰唰」就是幾顆石頭射了過去。我和猴子掏出了黑市買的兩光手槍，而秦美女不知道腦袋哪根筋不對了，自從前幾次踢中老五的卵蛋後，腳板心的地獄模式就自動開啟。

她居然撲了上去，腳尖死死的踢向老張的下身。

老張也是個練家子，迅速偏開腦袋躲開了老五的石頭彈。又移開下盤將秦思夢的奪命連環腿險之又險的避讓掉。他根本無心拖延，本想拉開距離立刻逃掉的，可惜一旁還有我跟猴子兩個人時不時打黑槍。

很快，這個傢伙就在我們四人的圍攻中敗下陣來。

「你們到底想幹啥子？攻擊國家公務員可是重罪！」被逮住的老張厲聲道，猶自嘴硬。

秦思夢嗤道：「旅遊管理處的工作人員什麼時候變公務員了？況且，你帶我們到這裡來，是想弄死我們吧？」

「哪個在瞎說，我明明是帶你們去三霄寺。」老張繼續滿嘴胡說。

老五狠狠的笑了幾下，手一扭，就將老張的右手掰脫臼了，「看你還嘴不嘴硬。」

老張痛苦的吼了兩聲，疼得額頭上不停冒冷汗。

「好了，留些力氣，等下還有忙的呢。」我走上前，在老張的身上摸索了一番，終於在衣服極為隱蔽的暗袋中摸出了一個小牛皮紙袋。裡邊居然是我們四人的照片。

老五倒吸了口冷氣，「我們勾結在一起的事情，那些混帳居然已經知道了？」

「估計那勢力又要弄什麼陰謀了吧！」我瞥了老張一眼，將照片扔在他眼皮底下，「張老，證據確鑿，還是識時務的坦白吧。你的組織，究竟想要幹什麼。為什麼一定要死纏著我們不放？」

「哈哈。你們太看得起我了。」老張搖頭苦笑，「我也不過是組織的外圍小人物罷了。什麼都不曉得。就算殺了我，也沒情報能給。」

「我，不，信！」我瞇著眼，猛地拽住了他的頭髮，「你的眼神告訴了我，你肯定知道些東西。是誰給你的照片，為什麼將我們引到這條路上來？」

「我真不知道。你們還是認命吧，組織想要做的事情，沒有誰能夠阻止。你們不過是螳臂當車而已。」說到這，老張猛地臉色一變。

他的表情從苦澀變得驚恐，額頭上突然就冒出一股黑色的煞氣。黑色物質在皮下擴散得很快，不多時已經刺破了他的皮膚。

「不好，快躲！」我大喊一聲。

說時遲那時快，從這傢伙的身上瞬間爆出了一大團黑色的毛髮，將他整個人包裹成了一團漆黑的圓球。

巨大的毛髮在太陽下，反射著陰惻惻的光。沒多久，就在陽光照射中開始分解，最終化為了一灘惡臭濃稠的膿水。

我們所有人都嚇呆了。

這算什麼！

「這應該是那個勢力掌控別人的手段。利用大豐神陵墓其中一個鎮壓墓中的頭髮內含有的超自然力量，對人下詛咒。」我愣了好一會兒才回過神來，嘴裡滿是苦味。

「再過六十個小時。我、我們也會這麼慘死嗎？」秦思夢打了個寒顫。

我搖了搖頭，「我們不會，但是猴子和老五身體裡同樣有種頭髮，恐怕會死得和這傢伙一樣。」

但一句話自己是沒有說出口的。根據那日在月光下看到的影子，身後耍陰招的神秘組織對我們的詛咒更加複雜。要是詛咒真發作了，我和秦思夢兩人，恐怕會比猴子慘得多！

沒有再想下去，我觀察起了周圍的環境來。峨眉山的植被很厚，甚至有許多繁衍數億年的植物還在山上生長不休。這條廢棄的棧道是全木建造的，有些年頭了，木質經過風吹雨淋，殘破不堪。

彎彎曲曲的棧道一直朝著山中延伸，不知道通向哪裡。

我取出GPS看了幾眼，眉頭立刻就皺了起來。

「小古，難道這條路有古怪不成？看你眉毛都皺成一條線了！」秦思夢將腦袋湊上來看螢幕。

我猶豫道：「不能說古怪，而是非常古怪！」

「哪裡怪了？」老五和猴子也湊了過來。

我指著GPS的線路，十分不解的說道：「這條老棧道，居然真的是通往捨身崖的路。」

猴子嘴皮一抖：「看來那個啥子組織，是想讓我們去當領路敢死隊？」

「不對。」我吃力的又是搖頭：「雖然這條路確實通往捨身崖，但並不是我們想去的地方。」

棧道雖然在GPS上沒有顯示路線，但是透過地圖卻能看到地貌全景。如果順著地勢走，棧道會一直向下，直到海拔一千一百公尺的位置。那裡，確實有個捨身崖。

但那個捨身崖，卻不是我們想去的那一個。

「聽說，老子有聽有人說過。峨眉山上露在明處的捨身崖，就足足有三個之多。」

老五看著地圖沉默了半晌，突然抬頭道：「古小娃兒，你能確定大豐神陵墓的入口，在哪一個捨身崖下邊嗎？」

「不能！」我嘆了口氣，「所以說，還是必須找個老嚮導。既然有三個捨身崖，未必沒有三個三霄洞。沒有對峨眉山知根知柢的老嚮導的話，我們根本是寸步難行。」

四個人一同沉默了下來。根據三角定位法，在三個鎮壓墓的最中心位置，正是峨眉捨身崖。但是山是立體的，在同個經緯度位置，可以有無數個可能。

前路，充滿了撲朔迷離。可是我們剩下的時間，已經不足六十個小時了。死亡的利劍，正懸掛在腦袋頂上，隨時都會斬下來，一擊斃命！

第七章◆第四個捨身崖

最終我們四個沒有順著那條老舊的棧道，去位於一千多公尺的一號捨身崖，而是順著路折返回了旅遊管理處。

還沒等走到大門口，就看到一個佝僂的老人揹著一大捆麻繩，沉默的跟著一個小夥子朝遊道盡頭的纜車走去。

我心裡一動，立刻改了想法。

「跟上去。」用力的推了推秦思夢三人，我讓他們盯緊前邊的一老一少，然後前腳並後腳的走入了纜車中。

隨著纜車往上爬，自己偷偷的湊到穿著老舊麻布衣的老人身旁。

「老人家，您要去捨身崖揹屍體？」我咳嗽一聲，突然問。

麻布老人臉上滿是刀削般的歲月痕跡，他年輕時似乎受過什麼傷，右臉上甚至遺留著一個令人驚悚的巨大爪子印。這爪印也不知道是什麼凶厲的動物抓出來的，很深。至今臉肉都沒有再長出來，皮深深的陷下去，幾乎和顎骨黏在了一起。

老人能活下來，實在是運氣不錯。

「你、你咋個知道我們要去捨身崖？」老人一聲不吭，甚至表情都沒有變。反而是他身旁的年輕人驚訝起來。

「猜的。」我輕輕一笑，指了指老人背上的繩子，「你們身上有峨眉山旅遊管理處的胸牌，證明是工作人員。揹著繩子，但是又沒有背簍，證明不是沿路的清潔人員。剩下的可能性，就很好猜了。」

一邊說，我一邊透過纜車的玻璃朝外望去。這架纜車直達金頂下方不遠處，雲山莽莽，飄飄欲仙。但是在自己眼中，卻總覺得有一股冰冷刺骨的寒意。

仙山峨眉，或許也沒有人類想像的那麼美麗。它的凶險，被隱藏在層層雲霧間，雲深不知處。

「剩下，剩下還有什麼可能！」年輕人眨巴了下眼睛。

我搖搖頭，「兄弟，你就別不誠實了。傳說峨眉山上有兩種清潔工，一種是清潔沿路上遊客亂丟的垃圾的。而另一種，就是清理亂跳的屍體。」

纜車穿入了雲層，玻璃外的一切都變得迷茫起來。

年輕人乾笑了兩聲，有些警戒，「你曉得的還真多，兄弟是幹什麼的？莫不是看不透人生，又是個想從捨身崖上跳下去的？」

他的話說到這裡，聲音低沉了些，「兄弟想開些，這世上沒有什麼過不去的坎。自殺前，多想想你父母！他們將你養大不容易哈。」

切，這傢伙還真把我當成想要從地球 Online 中主動刪帳號重練的傢伙了。

我鬱悶的指著自己的臉，「兄弟，你睜大眼睛看看我，這麼帥，還大有錢途咧。怎麼可能會自殺。」

「你不自殺，幹嘛找我們說話。明曉得我們是去抬屍體。」年輕人摸了摸腦袋：「不曉得的人，還以為你要跟我們套交情，以後處理你的屍體時處理好點。」

我被這想太多的傢伙弄樂了，指著一直沒開口的麻衣老人道：「我不是想跟你說話，是想跟這位老人家擺擺龍門陣而已。」

「這位老人家叫劉狗子，可惜你要失望了。」年輕人擺擺手：「他從來不說話，是個啞巴。」

「或許他其實不是個啞巴，至少不是天生的。」我撇撇嘴，將這聒噪的年輕人擠開，硬是擠到了叫做劉狗子的老人身旁。

麻衣老人不知道曾經經歷過什麼，似乎早已經對任何事情都麻木了。臉上碩大的傷口，傷及了他的口腔，說不定這便是他無法說話的原因。

「劉老，您哪裡人？」我厚著臉皮問。

麻衣老人看也沒看我一眼。

我也沒在乎，自顧自的說：「據說只有當地人才知道，捨身崖其實一共有三個。一號捨身崖，位於海拔一千一百公尺的山崖上。二號捨身崖位於雷洞坪附近。三號捨身崖離金頂只有幾十公尺遠，也是所有去過沒去過峨眉山的人，都知道的捨身崖。可是，傳說還有第四個捨身崖。」

「劉老既然敢在三號捨身崖揹屍體，肯定知道許多峨眉山的秘聞。請問您是否知道這第四個捨身崖的位置呢？」我一眨不眨的看著他，觀察著老人的表情。

老人仍舊面無表情，甚至都不知道他有沒有將我的話聽進去。

我瞇了下眼睛，心中思緒萬千，最後決定出個狠招，「劉老，您的名字挺奇怪的。居然叫劉狗兒。劉家在峨眉山附近不是大姓。但是在富順自流井地區，倒是有個挺興旺的家族呢。」

說到這，老人垂下的手難以察覺的動了一下。

自己頓時大喜，內心深處有了個令人驚訝的猜測，「自流井的劉家本來一直都很興旺，可惜八十多年前出了一件慘事。三霄洞內，劉家因為尋找一個叫做劉娃兒的小孩，死了七十幾個人。他們每個人，都死得極為怪異。可惜哪怕是如此，自始至終，劉娃兒的蹤跡仍舊沒有被人發現。」

麻衣老人眉毛抖了一下。

「劉老，您老祖籍是富順縣吧？」我變本加厲的又道：「在四川，為自己的孩子取名為『狗兒』的，大多數都是鄉下的窮人家。『狗兒』這名字賤，窮人認為好養活。但是自流井因為有採鹽業，哪怕算不上肥得流油，但也不至於窮到哪裡去。為孩子取名『狗兒』，自然很多父母都做不出來。」

我張大了眼，一個字一個字的說：「所以，劉狗兒這個名字。是劉老您自己取的，對吧？」

麻衣老人終於忍不住了，他麻木的外表出現了裂痕，偏過頭來看向我。

「八十七年前，三霄洞裡究竟發生了什麼？那個劉娃兒失蹤到了哪裡。劉家七十多人是如何慘死的。」我摸了摸下巴：「說不定，箇中原因，我知曉一些呢。」

老人突然冷哼了一聲。

就在這時，纜車微微一頓，金頂站到了。老人冰冷的看了我一眼後，毫不猶豫的朝纜車外走去。

我站在他背後，用力喊了一聲：「劉老，我住在麗園酒店 103 號房。如果想知道真相的話，隨時都可以來找我。」

纜車內孫喆、秦美女和老五都被我的一席話給弄得呆若木雞，好半天才緩過來。

「古小娃兒，那老傢伙真的、真的是劉娃兒？」老五這個人不簡單，顯然知道許多內幕。

「劉娃兒又是哪個啊？」猴子與秦美女面面相覷，開口問道。

我一邊順著人流往纜車外邊走，一邊解釋，「三霄洞慘案這件事中埋藏了許多真相，劉娃兒是自流井劉家的孫輩。同他的爺爺一起和族長為三霄寺送銅鐘。根據史料記載，就是因為他莫名其妙的失蹤了，才引得許多人進三霄洞搜尋。」

「所以並不是因為自流井的人在三霄洞裡唱戲，才引發的慘案？」猴子瞪大了眼。

我搖了搖頭，將三霄洞慘案真正的故事講了一遍，三個人再次大為震驚不已。

「可是小古你是怎麼確定，劉狗兒就是劉娃兒的？」秦思夢不解的問。

我聳聳肩膀，「很簡單。一個人從小的習慣，是難以改變的。自流井產井鹽，鹽幫也多。劉娃兒的衣著打扮，就是當初老自貢人的鹽幫打扮。」

「那老古，你小子真曉得八十七年前的三霄洞裡，發生過什麼？你娃簡直是神了！」猴子感嘆道。

我在他腦殼上用力敲了一下，「白癡，我怎麼可能知道。本人只是稍微有些聰明而已，又不真的是神仙。」

猴子頓時瞪目結舌，「結果你仙人板板是在臉不紅心不跳的唬他劉狗兒？靠，幸好哥子是堅定不移的站你這邊的，不然怎麼被陰死的都不曉得。」

我乾笑了兩聲，這個傢伙的話還真夠直接。

老五摸著下巴，沉默片刻：「可是等劉狗兒真的要你說真相，你咋個說？」

「我什麼都不會說。那大豐神陵墓的佈局太大，鬼知道裡邊有什麼。當初劉娃兒進去的時候，也不過十多歲罷了，那年齡的人知道什麼？無論他在洞裡遇到什麼，看到什麼，又是怎麼僥倖逃脫的。肯定曉得的東西比我們少得多。到時候，繼續糊弄他。」

我撇撇嘴，冷笑。

「唉，你這個人，真的是成精了。」老五感慨不已，同時也生出了剛才猴子那番話的感覺。和這聰明傢伙作對，真的是被賣了還在樂呵呵替他數錢。

秦思夢捋了捋長髮，「我們現在幹嘛？」

「回酒店。」我一揮手，發號施令：「等劉狗兒來找我們。」

猴子唱反調，「你小子真的認準了他會來？」

「他一定會來找我的。」我非常肯定的朝天空望了一眼。

金頂下方是雲，金頂上空，也是雲。被夾在兩層雲之間的我，壓抑得難以承受。山雨欲來風滿樓，那個可怕勢力的觸手已經探入了峨眉山管理局中，還有什麼是他們不敢做的？

時間，緊迫啊！

當夜……

猴子在麗園酒店 103 號房裡焦急的走來走去。他體內的頭髮詛咒已經爬到了離心臟只剩下幾公分的位置，死亡隨時都會降臨。由不得他不著急。

峨眉山上一入夜就漆黑一片，望著窗外濃墨般的夜色，猴子問道：「那劉娃兒怎麼還不來？」

「等。」我和秦思夢以及老五拿著一副紙牌正在鬥地主[7]。

猴子摸了摸自己的心臟，他總覺得那些髮絲已經刺入了心臟表皮，心在隱隱發痛，「要不老古，我們先自己到峨眉山找找看吧。那劉娃兒有些不可靠，我可能只剩下二十個小時可以活了。」

「等不到劉娃兒，我們根本就找不到大豐神陵墓的入口。」我搖了搖腦袋：「根據三角定位法，那個入口應該在金頂垂直向下的某個位置。演空大師修建的三霄寺，並不是現在大家所知的那個三霄洞。而且現在許多背包客跑去探險的三霄洞外的那個荒廢小寺廟，其實也只是三霄廟罷了，小得很。和史料記載不符。」

「所以我猜，真正的三霄洞，應該位於第四個捨身崖下。也就是那七十多個自流井村民真正慘死的地方。那位置，因為經歷了八十多年的層層封鎖，再加上當地村民忌諱極深，早就沒辦法考究了。」

猴子心煩氣躁的走到包裹著趙雪屍身的袋子前，嘆了口氣，「這個哥子曉得，可是，哥子老是有一股不祥的預感。」

「這段時間以來，我們四個走的哪一步吉祥過，一步錯步步錯，所以要更加的小心！耶，贏了！」我迅速將手裡的牌出光，手一抄，大喜過望的將老五跟秦思夢面前的錢全部抓到手裡。

7 鬥地主：一種特色紙牌遊戲，由三個人玩。

玩了三個小時，我就足足贏了三個小時。一大堆錢轉移到自己面前，我樂呵呵的，「運氣好！運氣好！」

秦思夢大為不滿，「不玩了！不玩了！小古，你聰明就聰明嘛，打個牌居然還用你妹的心算能力。有你這麼強大的腦袋，誰打牌能贏得了你！」

「一碼歸一碼，我這個人不喜歡輸錢。」我撇撇嘴。

老五盯著我的臉，突然「桀桀」的笑了兩聲：「古小娃兒，我一直都在觀察你。你這混蛋又冷靜又聰明，簡直沒有缺點。但是只要是人絕對不可能完美無缺。難道，你娃娃最大的缺點……其實你是個財迷？」

我臉色一僵，乾笑了兩聲，「怎麼可能嘛。」

秦思夢嗯了兩聲，仔仔細細的在我臉上打量，「想一想，小古你好像除了最開始請我吃過幾頓飯後。之後所有的活動開支都是我簽的單。」

「我沒錢了嘛，又不像妳，女土豪。」我偏過腦袋，突然正色道：「噓，別說話，正主來了！」

「切，別想岔開話題……」秦美女不依不饒的還想將這個問題扯清楚，猛地聽到了房門那頭傳來了敲門聲。

所有人都一愣，房間裡頓時只剩寂靜。

「去開門。」我示意猴子先看清楚來人是誰，再將門打開。自己倒是挺舒服的坐到了床上。

來人果然是麻衣老人劉狗兒，他用僵硬的表情站在門口，沒有一絲準備進門的意思。誰他也沒有看，只是一眨不眨的盯著我。

我們倆隔著幾公尺遠對視了接近兩分鐘，麻衣老人這才擺動雙手，想要比劃些什麼。

「劉老，不用那麼麻煩。我會讀唇語，你有什麼話動動嘴就好。」我從床上走下來。

麻衣老人點點頭，開始表達自己的來意，「你，真的知道八十七年前，那個洞裡究竟發生了什麼？」

「知道。」我打量著他臉上觸目驚心的傷口，「我還知道，你臉上的傷，是什麼東西弄的。那東西有人的模樣，可是卻沒有皮膚，裸露著皮下組織，通體血紅。對吧？」

大豐神陵墓每個鎮壓墓中都有血屍，主墓肯定也少不了。

劉狗兒眉頭一低，顯然是被我說中了。

「把你知道的，全告訴我！」顯然，令自己的老家人甚至爺爺慘死的事情真相，已經困擾了他八十多年。否則這個接近一百歲的高齡老人也不會從三霄洞中逃出後，一直沒回家，而是待在了峨眉山裡。

「告訴你可以，但是有個條件。劉老，您活了這麼大歲數，應該知道等價交換原則吧？」我淡淡一笑：「帶我們去真正的三霄洞，我就告訴你我所知道的一切。」

劉狗兒又死死盯了我幾眼，「希望你說話算話。不怕死，就跟我來！」

說完，就頭也不回的往外走去。

「揹上行李，我們跟著他走。」吩咐所有人立刻行動，出門前，自己一把拽住了老五，「老五叔。雖然我不知道你還在隱瞞什麼。但是那個神秘組織的內情，你顯然比我們更清楚。希望——」

「這個我曉得。你放心，一有風吹草動，我會通知你的。」老五肯定道。

我頓時安心了一些。這個老五雖然不值得完全信任，為人也狡猾得很。但是卻很識時務。背後那神秘勢力在冒出了個老張這外圍人物後，就再也沒有了行動。這實在令我有些心驚膽顫。

這根本就不是他們的風格啊。

一出酒店，黑暗將每個人吞噬了。四周目不可視物，山風刮得也很烈。彷彿遊道周圍的每一棵樹，都是一隻吃人的怪物。

猴子被冷風一吹，猛地打了個寒顫，「好冷。」

麻衣老人用手電筒抵著下巴，好讓我能看到他的嘴唇，開口道：「去金頂。第四個捨身崖，就在那裡。」

「老子曉得三號捨身崖在金頂，咋個四號捨身崖也在那疙瘩？」老五有些狐疑。

「八十七年前，當三霄寺的浮屠鐘響起，據說捨身崖發生了一次小範圍的地震。」麻衣老人說：「而三霄洞裡發生爆炸的同時，四號捨身崖往下塌了五十六公尺的海拔。再也沒有路能夠過去。除非，從金頂某一處攀岩垂降。」

我點點頭，「這事在民間有流傳，沒想到居然是真的。」

峨眉山的夜晚，冷而寂靜。時有猛禽在樹叢中發出一種像老人且咳且笑的叫聲，弄得我們四個人一陣心驚肉跳。沒想到白天人潮如織的遊道，一到了晚上居然如此可怕。

藉著手電筒發出的光芒，摸索了近兩個小時的山路，終於，金頂到了。

入眼處就是一尊高達四十多公尺的金佛。這尊四方十面普賢像是金頂的標誌，也是峨眉山十景之一。莊嚴肅穆的普賢菩薩失去了日光的照耀，只剩下長明燈點燃黑夜，顯得無比的陰森。

一出遊道，麻衣老人便領著我們繼續走。路過華藏寺側臥雲庵，路過庵左的睹光台。直到寺後斷岩。這塊斷崖據說高達八百公尺，峭壁如削，這裡就是三號捨身崖了。捨身崖因昔日常有人於此跳下輕生而得名。崖左有巨石屹立雲中，名為金剛石。三號捨身崖前有攔腰鎖鏈和木欄杆，阻攔輕生者跳下去。還特意豎立了一個木牌，上邊寫著：「想一想，跳不得」的字句，勸告輕生者，生命可貴，不要在這裡捨身。

「這就是三號捨身崖？」猴子用手電筒在捨身崖前照來照去：「挺普通的嘛。」

黑暗中的捨身崖看起來確實很平常，用手電光往下照射，只有朦朧的感覺，完全不覺得恐怖。

我撇了撇嘴，「就是因為看起來不恐怖，才是最可怕的。三號捨身崖是除了青藏高原之外最高海拔的風景區，垂直懸崖高度國內任何風景區都無法匹敵。山高則距離天更近。

「崖下經常雲海茫茫，讓人有一種飄飄欲仙的感覺，沒有恐懼感。所以來捨身崖刪帳號自殺的人很多。否則，你見過幾個人跳華山千尺幢？嚇都嚇得腿軟了。

「而且據說從捨身崖跳下可以得道成仙，所以捨身崖成了國內旅遊景點中自殺率最高的一個景點。」

秦美女點頭，也感嘆道：「聽說前幾年有人出了五萬美金請人爬下捨身崖，可沒有人敢去。下邊據說有點類似原始森林，自有人類在峨眉定居以來，從沒人下到底。谷底很深，氧氣也稀薄。」

「誰！」她的話音還未落，我猛地朝三號捨身崖附近的一處陰暗處爆喝一聲。老五的速度比我的聲音更快，迅速掏出彈弓，朝那地方「唰唰唰」的射出了三顆致命的石子。

石子故意沒有擊中對方，但是卻將那躲躲藏藏的傢伙嚇得夠嗆。

「別、別，是我！」一個年輕人將雙手舉到頭頂，心驚膽寒的走了出來。

月光正好轉出了雲層，將他的臉照亮。

第八章◆金頂揹屍人

「是你！」我的眼睛微微一瞇，這個年輕人我認識，就是早晨在纜車中跟著麻衣老人劉狗兒的小夥子。這麼晚了，他怎麼會躲在石頭後邊？

老五陰惻惻的看著他，「小娃兒，大晚上的，你不睡覺。跑到這個鬼地方來幹啥子？」

「我、我……」年輕人吞吞吐吐的解釋不出來。

我們四個對視幾眼，沒有為難他，「說不出來那就別說了。你叫什麼名字？」

「我叫張泉。」這個自稱張泉的年輕人大約二十二歲，看起來剛從大學畢業。被校花秦美女多看了幾眼，頓時漲紅了臉。

秦思夢輕笑兩聲，「張泉小弟弟，既然你沒什麼好說的。天又黑，還是早點回去吧。」

明明張泉還比她大一歲，這個漂漂亮亮但是卻滿是惡趣味的大小姐居然又裝起了姐姐。

「哦。」張泉被秦美女好聽的聲音一迷惑，真的邁步開始往回走。可是走了五六步後覺得不對，立刻停了下來。急迫的說：「你們在酒店裡說的話，其實我都偷聽到了。千萬，千萬不要下四號捨身崖！」

老五的聲音立刻冷下來，他一把抓住了張泉的脖子，「原來剛剛在外邊偷聽的就是你？說，你為什麼要偷聽我們說話。」

張泉被卡得使勁兒揮舞著胳膊，我慢吞吞的示意老五將他放下，這才看向他，準備聽聽這位靦腆小夥子的解釋。

年輕人看向老五的神色呈現出驚恐，但仍舊鼓圓雙眼，勇敢的道：「去不得，去不得，那裡是禁區！」

猴子嗤之以鼻，「這個世界多的是禁區，總得還是要人去冒險嘛。」

「但是那四號捨身崖不一般。那不是人類能去的地方。不知道你們有沒有聽說過一個人，他在峨眉很出名。叫做李天。」張泉擺著腦袋。

「李天？」我愣了愣，「這個人我倒是知道，據說是峨眉的藥王！」

「不錯，他是我外公。」張泉有些黯然，「但他在三年前，死了！」

「李天死了？」我有些意外，「坊間不是傳言他採藥失蹤了嗎？」

「外公真的死了，我親眼看到的。」張泉嘆了口氣，「有件事我一定要告訴你們。是我親身經歷的，聽完後，不管信不信，相信你們絕對不敢再下四號捨身崖去。」

◆

三年前，張泉剛大二。寒假又迫不及待的跑到外公家玩。

他喜歡峨眉山，因為這裡很有靈氣，空氣也不錯。

張泉的外公是峨眉縣遠近聞名的藥王，峨眉地界，基本上沒有人沒聽過外公李天的名字。只要是峨眉山上會長的稀有藥材，外公都採得到。人的名樹的影，所以二十多年前，外公就不再以採集普通藥材為生。反而是接受委託，只幫人尋找極為稀奇的草藥。

峨眉山產生於距今一億年前的中生代末期的燕山運動，由於山頂上是一大片古生代噴出的玄武岩，其下岩層受到保護而得以保持高度，又因山中內部「瀑流切割強烈」，進而形成了高兩千公尺以上的峽谷奇峰地形。

所以一直以來，珍貴藥物品類極多。甚至有些百年以上的老藥材，對各類絕症都有奇效。而他外公不愧是藥王，對峨眉地形的熟悉無出其右，外公接到的委託少則幾天多則半個月，通通都能令雇主滿意而歸。

可是這一天，來了三個怪異的人。他們穿著厚厚的黑色風衣，將全身上下包裹得嚴嚴實實，連臉也沒有露出來。一進房門，就「啪」的一聲，丟下一捆厚厚的鈔票。

「帶我們下捨身崖。四號捨身崖！」其中一個黑衣人用低沉僵硬的聲音說。

外公頭也沒抬，不耐煩的揮了揮手，「四號捨身崖？我看你們是瘋了，老子還沒活到歲數，不去！」

那黑影人沒在意，反而在桌子前坐下，「你沒得選擇。」

外公冷哼了一聲，「這是個法治社會，難道你們還準備綁我去不成？快給老子滾。」

說完外公抬起頭，下了驅客令。可就這一抬頭，頓時嚇了他老人家一大跳。只見這三個黑衣人死氣沉沉，哪怕是站在近在咫尺的地方，也感覺不到一點活人該有的味道。

這些人不好惹。一個沒有活人味道的活人，除了快要病死的人外，就剩下一種人。那種人肯定殺過人，而且殺的人還不少。死氣都浸入身子骨了。

外公猛地打了個寒顫，眉頭大皺，語氣也變低了，「不是我不帶你們去，而是實在沒法去。四號捨身崖的名字不知你們是從哪裡聽來的，但是那地方，聽我老人家一句話，去不得，真的去不得。」

自古峨眉山的人都知道一件事，想要下捨身崖，只有兩種辦法。一種是直接縱身跳入雲海墜落。

另外一種，就是金頂專門揹屍體的清潔工用的辦法。直接從捨身崖頭，吊纜繩下去。

張泉因為經常在外公家玩，知道第二個辦法，也清楚第二種方法的凶險。張泉的二叔就是金頂其中一個揹屍人。

金頂三號捨身崖，是一個空曠而略顯寂寥的地方，兩座寺廟的唱經聲在飛雪中迴盪。舉目四望，但見雲海茫茫，為金頂更添幾分神仙之氣。然而，飄渺美麗的雲層下面就是萬丈深淵和犬牙交錯的峰尖。

從捨身崖，小心地探身向下張望。除了茫茫雲海，別無所見。

據二叔說，捨身崖下常年被雲遮霧罩，少有煙消雲散的清朗之時。就因為此，總是有對人生絕望者跳下去捨身想成仙。

跳崖的屍體，總有掛在雲霧間的樹枝上。雲霧偶然一下沉，屍體就會露出來，影響風景區的美觀。所以自古就有金頂揹屍人這種職業。只不過現在的揹屍人歸風景區統一管理了。

二叔揹屍體揹了幾十年。他說有的時候屍體掉的地方太遠，對揹屍人而言真的很危險。一進雲霧，就處於「雲深不知處」的狀況，基本上每個人都是睜眼瞎，啥也看不到。

想要保持足夠的視線以作為尋找屍體的判斷，只有一個辦法，方法就在岩壁上。岩壁上兩千餘年來，歷代揹屍人用鐵釬戳了許多鐵環鑲嵌進石頭裡。揹屍人摸著鐵環，就能判斷位置。

每個月，總有幾次金頂雲海會下沉。一旦下沉，所有的揹屍人搭檔都會準備好拇指粗的鋼繩，將揹屍人吊著，垂降一百公尺，讓其懸在崖壁上，用揹屍體專門的鉤子，將屍體勾過來，再用繩子牢牢固定在背上。

揹屍人最多只能從金頂捨身崖下降一百公尺，最多一百公尺。

有一次張泉天真的問二叔，「二叔，你有沒有下到捨身崖一百公尺下的深雲裡。」

二叔嚇得直擺頭，「下不去，下不去。」

原來捨身崖下一百公尺就已經是極限了，再也不敢多下去，也沒辦法下去。歷代揹屍人用了兩千年的時間，也不過打了一百公尺的鐵環。因為再下去就是茫茫雲海，啥也看不見，多下去一公尺都是賭命。

「你看捨身崖下的白雲，挺漂亮的，其實那根本不是啥子雲，而是瘴氣！」二叔警告張泉，千萬不要對捨身崖下的雲感興趣。

「每次老子下去，都怕得要命！要不是為了賺錢，早就不想幹了！」二叔嘆了口氣說，「明曉得下面有屍骨，心裡又裝著許多恐怖傳說，人卻僅憑一根繩子懸在半空，你說這是什麼感覺？每次被拉上來後，心裡就要唸叨幾句，可回來了，可回來了！」

每年金頂揹屍人都會因為意外死掉幾個。當繩子擺動時，絆下飛石砸在身上是死，人隨繩子飛舞撞在崖壁上是死，降到崖底被蟒蛇吞了是死。還有雲中的瘴氣，一碰到也是死。足以致人於死的因素實在太多了。

這還只是三號捨身崖。而更為神秘的四號捨身崖，據說更加恐怖詭異。

所以黑衣人說要下四號捨身崖，外公怎麼可能不斷然拒絕！

「我說過，這件事由不得你！」黑衣人微微一點頭，其中一人突然出手，拽著門外偷聽的張泉的脖子走了進來。

外公一瞪眼，「你們想幹啥？」

「帶我們下捨身崖，否則，殺了他！」黑衣人說得輕描淡寫，彷彿殺一個人猶如捏死一隻螞蟻。

「這是法治社會，你們敢！」外公急起來，抓起電話就想要報警。

黑衣人的語氣仍舊僵硬，「你可以試試。」

外公抓著話筒，額頭上的冷汗一滴一滴的往下流。最終，他沒敢撥通報警電話，嘆了口氣，「放下我外孫兒，我帶你們去。」

「這小子，要跟我們去。」黑衣人「桀桀」笑了兩聲：「不然誰知道你會耍什麼花招！」

外公氣到不行，手一直在發抖。可自己外孫的死活在別人手裡頭，他又能怎樣。外公怎麼想都想不通，這些明顯沾過人血的傢伙是從哪裡冒出來的。為什麼要下四號捨身崖去找死？

不錯，下捨身崖就是找死。

李天八歲就開始跟著自己的爺爺在峨眉山中採藥，而今已有五十三年。在這五十三年中，作為藥王的他，足跡遍佈許多只有飛鳥、猿猴才能到達的地方，但有一處他從未去過。那就是捨身崖。

無論是三號捨身崖還是四號捨身崖。

在第一次揹起背簍時，爺爺就告誡李天，千萬莫去捨身崖下邊，任那裡有天下極品藥材也只當一株茅草。

因為捨身崖下，便是地獄。

但是李家之所以代代為藥王，還是有底蘊的。祖上曾經流傳過去四號捨身崖的方法和途徑，這也是三個黑衣人為什麼找上他的原因。

李天整理好裝備，逮了一隻公雞，帶著黑衣人，一步一步的朝祖籍記載的密道走去。從金頂進入密道前，他殺掉了公雞，祭拜山神，以保佑這次禁區之行能夠順利。

割掉腦袋的公雞撲騰了幾下後，就沒有再動彈。殷紅的血灑了一地，被太陽一曬，顯得極為不祥。

李天的眼皮猛地跳了幾下，也沒說什麼。吊著繩子，大著膽子就從密道盡頭的山崖，往四號捨身崖的方向滑。

三個黑衣人兩前一後的將張泉夾在中間。一路上還算順利，今天的雲壓得很低，百年也難得一見。傳說中的瘴氣被雲裹帶著，下沉到了兩千公尺海拔的山腰間。

幸運的落到了四號捨身崖上，李天才真正的警戒起來。張泉這小子雖然是被黑衣人威脅著下來的，但是他仍舊好奇的四處張望個不停。

「各位，已經到了崖上，也該放了我外孫了吧？」外公用低沉的聲音問。

三個黑衣人從懷裡掏出一些看起來很頂尖的高科技裝備忙碌的比劃來比劃去，也沒時間顧及他們，便將張泉給放了。

外公偷偷的湊到張泉身旁，在他腦袋上搧了一巴掌：「臭小子，別東張西望。」

「外公，這裡就是四號捨身崖？也沒傳說中那麼可怕嘛！」張泉眨巴著眼，很是失望。

「瓜娃子，真正的危險，還沒有來。」外公的表情十分陰沉，「這些人不簡單，更不像是單純的想要爬爬這座崖頭。乖孫兒，等下老子喊一聲，你就馬上使勁兒往回跑，千萬莫回頭。記住，千萬莫回頭！」

張泉有些詫異，「他們已經到地方了，怎麼，還不准我們回去不成？」

外公冷哼了一聲，「他們怕是不準備讓我們爺孫倆活著回去。」

李天看了看四號捨身崖下翻滾不休的白色雲霧，這些雲霧隨時都會浮上來，將捨身崖徹底吞沒。到時候瘴氣一入體，就算是神仙也難以活命。

「最多還有一個半小時，雲層就會上侵。」外公靠著經驗算了算時間：「祖上記載的東西，大概也馬上要出現了！」

張泉愣了愣，「什麼東西？」

「要命的東西！」外公一咬牙，「他奶奶的，老子再給它加點籌碼！」

李天心知，時間耽擱不起。雖然不知道這些人究竟在用那些儀器幹嘛，但是等他們騰出手來，要嘛當場將他們殺掉。要嘛，就是當作敢死隊朝前踩地雷。在這危險重重的四號捨身崖，不管是哪一種都是死。還不如拚著他李天的老命不要，為自己的外孫兒拚出一條活路。

這個世界哪個人活久了，不會變成成精的千年狐狸？下崖時他李天假意祭神，其實暗地裡將雞心挖出來藏在了兜中的保鮮袋裡。

都說雞血最腥臭，但是少有人曉得雞的心頭血才是最難聞的，被風一吹就散得到處都是，臭味久久難消。

祖先說四號捨身崖下有一種要命的怪物，最愛血腥味。

李天掏出雞心，掐破後，偷偷朝遠處扔了過去。沒想到黑衣人的鼻子也異常靈敏，

「什麼味道？」

那黑影人猛地轉過腦袋，盯著李天，「你究竟幹了什麼？」

哪怕看不到黑衣人的眼睛，李天也覺得自己被那股針般的視線刺得生痛。他咬著牙沒說話，黑衣人憤怒的走過來想要抓住他的脖子，就在這時，一陣電閃雷鳴般的響聲，突然爆炸似的擴散開。

雷鳴中夾著一種所有人都從未聽過的怪叫，一貫入耳朵，就聽得張泉徹骨冰冷。

「乖外孫，快跑！」李天大喝一聲，猛地朝最近的黑衣人撲出，死死地將其抱住。

雷鳴的叫聲不像是人類發出的，甚至分辨不出是否為地球上的物種。它來得飛快，由遠至近，經久不絕。眼看就要爬上了捨身崖。

張泉還算機靈，他一聽到爺爺的喊聲，就埋著腦袋往回跑。黑衣人們根本來不及阻攔，就被那怪物扯住了腳步。

怪叫聲一聲接著一聲，彷彿從地獄中傳來，在他張泉的耳邊上響個不停。張泉拚命的逃，拽住繩索用力往上爬。等他出了密道回到金頂時，就聽到「噗噗」兩聲，本來還在腳底三百公尺的茫茫白雲浮了上來，將一切蹤跡掩埋得乾乾淨淨。

四號捨身崖，也重新回到了雲霧中，再也不知所蹤。

從此，峨眉再也沒有人看到過藥王李天。有人說他在採藥時失蹤了，有人說他賺夠錢離開了峨眉。只有外孫張泉曉得，李天的屍骨，已經永遠埋藏在神秘的四號捨身崖下。

無人能尋。

◆

故事講完，張泉已經淚流滿面。他看著金頂的雲，淚水都快流光了。外公為了他而死，這也是為什麼大學畢業後自己不顧父母反對，一定要來峨眉山管理局工作。或許離自己的外公近一些，他的良心會好受一點吧。

我們四人和麻衣老人靜靜的聽他講述，任他哭。

自己卻是思緒翻湧，腦袋裡的念想變了好幾變。那三個黑衣人明顯就屬於一直在我們背後耍陰招的神秘勢力。沒想到三年前，他們就已經知道大豐神陵墓的具體位置，可是為什麼並沒有派人前仆後繼的挖掘陵墓呢？甚至就此隱匿下來，連張泉的麻煩都沒去找。

這完全不符合那神秘勢力的辛辣手段。難道，其中還有什麼秘密不成？

秦思夢伸手摸了摸張泉的腦袋，安慰道：「小弟弟，我知道你不想我們下去送死。可是我們有自己的理由，因為如果不下去的話，同樣也是死。只能拚一拚了！」

張泉愣了愣，頓時釋然道：「也對，看你們這些人的氣質也不像是莫名其妙找死的。果然每個人都有內情。」

他猶豫再三，突然咬牙道：「如果非要下去，請帶上我！」

我、猴子、老五與秦思夢，頓時面面相覷。

突然，老五大笑起來，「你個龜兒子娃娃，不簡單啊。看起來敦敦厚厚靦腆得很，結果還有這種小心思。老子就說你娃為啥子好心腸的跟我們講秘聞，還不惜跑到金頂捨身崖來阻止我們。哼，張泉小鬼，你其實是在試探我們下崖的決心吧！」

張泉面色一紅，沒有否定。猴子卻愣了，想了好半天才搞清楚老五話裡的意思，「格老子，張泉，你倒是打了個好算盤。」

我笑起來，人不為己天誅地滅，張泉的小心思自己在聽故事時就明白了。這個年輕人哪裡是在擔心我們，根本就是藉著故事來試探我們，他來峨眉工作，目的恐怕一直便是為了將自己外公的屍骨弄回來，入土為安。

可是已經嚇破膽的他又不敢一個人下去，而我們的到來剛巧屬於瞌睡時碰上了枕頭，他才會大半夜守在崖頭，看我們是不是真的想要下崖。

我一眨不眨的盯著他看，直盯得張泉侷促不安後。自己這才道：「帶你下去，也不是不可能。但我需要你告訴我，你有什麼價值！」

「價值，我當然有。」張泉掰著手指頭，說出的話早就在心裡盤算過了無數次，「第一，劉狗兒前輩是想帶你們走老路，從三號捨身崖吊鋼索下去，再在岩壁上橫向攀爬幾個小時，冒險落到四號捨身崖的崖頭吧？」

麻衣老人點了點頭。

「那條路太危險了，可以說是九死一生。光瘴氣就沒人能對付。」張泉指著自己的鼻子，「但是我知道的那條密道，可以直接穿越到四號捨身崖上方。那條路，只有藥王李家才清楚。」

「第二，找到我外公的屍體後。我會將李家代代相傳，關於四號捨身崖的記載留給你們。」張泉又道：「雖然我不清楚你們跟三年前的那些黑衣人是什麼關係，但是我不笨，連續有兩批人冒死下四號捨身崖，想來目的也是相同的。我相信外公祖上的記載，肯定對你們有用。」

我拍起了手，「小夥子有出息，思維很縝密嘛。我看你在峨眉早就在留意準備下崖的人了。歡迎入夥！」

張泉撓了撓腦袋，尷尬的笑了幾聲。心想這些傢伙每個都沒臉沒皮的，這一男一女更是明顯比自己小，居然一口一個小夥子的稱呼他，有夠不要臉。不過這種話也只敢噍在喉嚨口，沒敢說出來。

我朝三號捨身崖下看了幾眼，又抬頭看天色。今晚月明星疏，將整個峨眉金頂照耀得美輪美奐。絲毫沒有生人氣息的崖頂，竟然瀰漫著絲絲詭異。總覺得哪裡有些不太對勁兒！

來不及管那麼多了，詛咒還剩四十九個小時。必須要加快速度。

這次換張泉在前邊帶路，我們一行五人變成了六個人。從金頂右側的臥雲庵一直沿著一條遊人止步的荒廢道路，朝下山的方向走了足足一個小時。

這一個多小時，讓人極為心驚膽顫。幾次都走在看上去便是斷壁懸崖，根本就沒有路可以走了。但是路始終在只剩斷崖幾十公分的地方出現，險之又險。

所謂的路，多半是金頂採藥人和寺廟的和尚踩出來的。不知道荒廢了多久，地上蔓藤蒿草橫生，月光下風一吹，草裡似乎藏著什麼怪物般，令人心裡發毛。

終於，就在走無可走的地方，張泉猛地停住了腳步。他一眨不眨的看著山崖中的某一處位置，用緊張而低啞的聲音說：

「到了！」

第九章◆致命凶崖

「這裡有密道？」猴子睜大眼睛，怎麼看面前都是一面筆直的石壁。皎潔的月光將石壁照得通透，哪裡有密道的影子。

張泉得意道：「一般人就算是站在密道前，也是找不到密道的。峨眉山的神秘，遠遠超出你的想像。以後你們就知道了，帶我下崖，絕非虧本買賣。」

說完他跑到草叢裡東摸西摸，居然摸出了一隻被茅草捆綁得嚴嚴實實的紅冠大公雞。

「怎麼，你要祭拜山神？」我大感興趣的問。沒想到張泉作為一個正規大學畢業的大學生，還相信這個，「你準備得還真充分，咬定了我們會帶上你！」

「嘿嘿。山神必須要祭拜，否則，找不到入口。」張泉靦腆的笑著，用一把小彎刀割在公雞的喉嚨上，雞蹦躂了幾下，很快便死去了。殷紅的血流了一地，被月光一照，怪異無比。

「注意看了，現在就是見證奇蹟的時刻！」他抓住公雞的腦袋，用力將雞血朝石壁上甩。沒過多久，奇蹟真的出現了。

本來什麼都沒有的山崖峭壁上，居然因為染上了雞血，顏色逐漸退化。顏色變淡的位置開始變得黑漆漆起來，猶如黑洞般，不停的吸收著所有的光線。不多時，猶如雪地裡撒尿似的，一個個濺射性的小洞赫然出現在眼前。

所有人都看傻了！

「這、這是搞啥子？」老五難以置信的看著眼前唐突出現的洞穴。陰森森的洞穴，不停地往外冒著刺骨的寒氣。

猴子張大嘴巴，「怎麼可能！明明剛才什麼也沒有的山崖石壁，怎麼可能雞血一淋就將石頭化開了。太不科學了！」

「我第一次看到的時候，也覺得不科學。」張泉眨巴著眼，他是第二次看到這奇景了，仍舊覺得猶如在夢中。

我一聲不吭的走到石壁前，伸出手用力摸了摸其中一個小孔洞。觸手冰冷，是真正的石頭，沒有障眼法。雞血在石頭上因為地心引力作用而流淌得很快，只有被雞血淋的位置，才出現石洞。石洞邊緣很割手，洞裡的風往外吹個不停。

看來這塊所謂的石壁中，肯定隱藏著某種物質，這物質只會和雞血內的某種元素產生化學反應。

可究竟是什麼物質那麼神奇？是數千年前製造大豐神陵墓的人發現的嗎？世間的未知之謎，還真是多啊！

隨著雞血的增多，無數小孔洞開始連接在一起，最終形成了一個可以容人側著身體走進去的大洞來。之後任憑雞血再怎麼澆淋，洞口始終沒有再增大。

「快點進去，等雞血乾了，洞壁又會恢復成原來的模樣。」張泉說著率先踏入洞裡。

我們幾個對視幾眼後，也魚貫著進去了。

洞內一片刺骨冰寒，穿堂風從腳底板一直吹到了腦袋上，風大得令人直不起腰。張泉跑到一塊石壁後邊躲著風，將剩下的雞血倒入一個保鮮袋中，掛在石壁上。又將雞心挖出來，用另一個保鮮袋裝著，隨身攜帶。

幹完後，他繼續帶路，「別停下，繼續往前走。不然風會越來越大，更加不好走。」

果然，不知道這個天然的縫隙究竟是什麼構造，隨著人的進入，居然形成了擾流。本來被阻擾的風突然貫通了，頓時蜂擁而入，打在身上猶如子彈般讓人生疼。風，甚至有越發壯大的傾向！

「走快點。」我覺得在這鬼地方待久了，肯定會被風壓拍死，於是頂著風加快了腳步。好不容易走了接近半個小時，到底走了多遠根本不清楚。只感覺腦袋一輕，強大的風壓突然消失得無影無蹤。

一身輕鬆的我猛地停住腳步，瞳孔瞪大，一看清眼前的狀況，嚇得冷汗立刻就流了下來。

腳尖不遠處便是萬丈懸崖，如果不是及時收住動作，自己絕對會衝出懸崖。再看先一步來到山壁旁的猴子等人，一個個臉色也是煞白，顯然遇到了和自己相同的遭遇。

「龜兒子張泉，你娃不老實。早知道洞盡頭這麼凶險，咋個不早點告訴我們？」猴子大罵道。

張泉乾笑了兩聲，「我上次是被人脅迫著過來的，沒注意。實在對不起哈！」

我擺擺手，制止了他們無營養的爭吵。舉目四望，頓時一股豪邁的感覺油然而生。洞穴外幾步處便是刀割般的懸崖，懸崖下白雲翻滾，雲海蒸騰。猶如一塊厚實的毯子，反射著頭頂的月光。

視線中看不盡的低矮山崖，只冒出一個腦袋，彷彿一座座的仙山蓬萊，浮在雲海之上。頗為壯觀！

今天的雲海，壓得很低。

「根據祖上記載，通過這條密道下到四號捨身崖更容易。由於山巒阻隔，這裡的雲海比三號捨身崖低許多。只要小心一些，就不會遇到雲中的瘴氣。」張泉也探出頭打量著雲海的情況。

看了幾眼後，他大喜，「看來外公也在冥冥中保佑我。今晚的雲，比三年前的海拔更低。根據經驗，至少在明早破曉前，都不會浮上來。」

老五見我們都在看風景，用力咳嗽了兩聲：「別給老子磨蹭了，下去吧。」

我們點點頭，固定好鋼索開始一個個的向下垂直降落。

第一個下去的，便是我。先後順序，自己也在心裡盤算了許久。自己相信秦美女和猴子，但是對老五存疑。至於麻衣老人劉娃兒與張泉，自己還是極不信任的。所以安排了這個順序。

自己第一個下去，避免別人耍小心思，在崖頭上佈下陰謀。猴子最後一個，暗中拿槍監視。他的槍法再爛，在近在咫尺的直線距離要打中一個人，還是沒問題的。

在萬丈懸崖中垂直降落，又是夜晚。哪怕是專業人士都有些危險。我壯著膽子，固定好繩索，輕輕往懸崖下一跳。只聽到腰間的紐盤不停的旋轉，自己所在的海拔也不停的降低。

足足花了十分鐘時間，自己的腳，終於踩在了實地上！

傳聞已久，神秘至極的四號捨身崖，終於到了！

我將身上的絞盤取下來，用登山鞋使勁兒的踩了踩地面。這塊崖頭上沒有高大的樹木，只有些生命力極為旺盛的荒草，一目了然。不大的山崖如同一塊突出崖壁的鷹嘴，離雲層更接近。

腳底下的雲，似乎只要一跳就能跳上去騰雲駕霧，極有蠱惑力。眼看著這雲海，我頓時有些明白那些自殺者為什麼會前仆後繼的跳下捨身崖了。

那雲，那山。跳入其中，還真的像是成仙了般。

但是少有人知道，峨眉無論哪個捨身崖下的雲，其實都是瘴氣。許多人自殺不是跳下山崖摔死的，而是在進入瘴氣雲中時，全身中毒斃命的。自己看過許多文獻，都說峨眉的瘴氣雲極毒，可是卻從未形成過完整的概念。

在我皺眉看雲、打量四周環境的時候，其餘的人也陸續滑了下來。

張泉一挨著地面就迅速的往前跑，跑到了崖頭的中間位置。看了幾眼後，他頓時瞪大了眼睛，震驚地道：「怎麼可能，外公就是在這裡抱著黑衣人的。但是屍體怎麼可能沒在這兒！」

我走過去摸了摸地面。四號捨身崖無遮無攔，風也大，地上留不住土。只剩石縫有些浮土存在。所以三年前留下的痕跡，早已經難以發覺。但是我仍舊在地上，找到了一絲血跡。

「這塊血跡已經乾了，可能就是在三年前留下的。」我用手指捻起一些浮土：「你故事中那叫聲像雷鳴的怪物，並沒有將三個黑衣人殺死。至少，沒全殺死！」

自己捻了一些土放在舌頭上，嚐了嚐味道，「土很腥，證明這裡曾經有過一具腐爛的屍體。但是那屍體，似乎被什麼移動了位置。」

「有屍體，任屍體腐爛，而且最後還將屍體移位了？」老五琢磨著這些線索，突然道：「古小鬼頭，你說那些人是不是還活著？」

張泉怔了怔後，猛地大喜，「前輩，您的意思是說，我外公也還活著？」

我在他腦袋上用力潑了盆冷水：「可能性不高。你外公在怪物出來後，或許是沒有死。至少沒有死在捨身崖上。」

「可是，究竟是誰移動了屍體？」猴子摸著腦袋，大惑不解，「不是屍體的同伴，還會是誰？」

秦思夢突然想到了什麼，臉色大變，「小古，會不會是故事裡會雷叫的怪物。它殺死了其中一個人，任其腐爛。等到腐爛後再拖回巢穴享用？」

「妳的意思是，那怪物是一種食腐生物？」我摸著下巴，「極有可能。但是我想不出來這世上有什麼食腐生物會攻擊人類，發出雷鳴叫聲，而且還住在海拔高達兩千多公尺的山崖峭壁上！」

人類所知的食腐生物，除了非洲的鬣狗外，都不會攻擊人。何況峨眉地界，還從未聽說過有出現類似的生物。我瞇著眼睛，揉了揉太陽穴。但是結合大豐神陵墓的種種，老五叔家族種的蘑菇能變異，茅坪村外飛地的屍油黑土能令死人變活。

既然僅僅是大豐神陵墓的三個鎮壓墓都能出現如此多詭異、超自然的事情。作為主陵所在地，恐怕是更加的凶險重重。

「大家小心一點，說不定我們遇到的是某種未知又致命的變異生物。」我皺了皺眉頭，吩咐道。

所有人頓時心裡一緊。

自己又一次打量了四周後，下了結論，「現在可以搞清楚的便是，那變異生物殺死了三個黑衣人中的其中一人，那裡還掛著黑衣人的衣服碎片。」

我指著不遠處草地下方，三年前的衣服碎片被一叢三十公分高的灌木掛住，仍舊在風中飄搖不停。

「而剩下的兩個黑衣人，押著李天朝這個方向逃了過去。」老五自小在山中長大，小時候還曾經和父親去山裡種蘑菇，自然會一些辨識跟蹤野獸的方法。

四號捨身崖常年沉入瘴氣中被雲海遮蓋，許多血跡找一找，還能在石頭上尋到。逃跑的三人明顯有人受傷了，是重傷。血跡一直朝東邊有一滴沒一滴的延伸。

我們一行順著陳年血跡緩緩的搜尋著。張泉越是往前走越是神采奕奕，三年了，一直以來他都認為外公已經因為救他而死。愧疚感，無時無刻不在折磨著他的靈魂。可是真的再次下崖後，居然沒找到外公屍體。這絕對是個好現象。說不定外公真的還活著呢！

月光普灑在山崖上，沒有雲層遮蓋，顯得格外陰森。每走一步，我們都小心翼翼。終於，血跡就在幾步之外，唐突的徹底消失得無影無蹤。

「小心！」猴子瞪大眼，猛地爆喝一聲！

我大罵一聲，「該死，那玩意兒終究還是來了！」

話音一落，就聽到一陣陣雷鳴般的吼叫聲從四號捨身崖下傳了過來。速度飛快，沒多久時間，就竄上了崖頭。

隨著踐踏地面的聲音，那個龐然大物只是踩了踩地面，捨身崖就抖了幾抖。可想而知它的體積有多龐大。

「不好，是山魁！」我臉色一變。

「山魁？」猴子秀逗的摸了摸腦袋：「是那種臉化妝化得亂七八糟花花綠綠的大猴子？牠的原產地不是在非洲嗎？峨眉山上也有？」

「白癡，你說的那叫山魈。」我額頭上的冷汗不停往外冒，「所謂的山魁，在民俗學和民間傳說中，是山鬼的代名詞。顧名思義，是山中之鬼。傳說中這物種只有戾氣最深的地方才能繁衍，它們體型龐大，最高的能高達三公尺。」

「峨眉山中確實有流傳山魁的故事，沒想到這玩意兒還真存在。」我死死的看著爬上來的山魁。

深紅的月光下，只見那山魁壯碩無比，居然高達四公尺多。四號捨身崖在它腳底下都顯得渺小起來，更別說本就渺小的人類。也許是因為大豐神陵墓散發出的戾氣本就很強烈，再加上這兒有許多它愛吃的瘴氣，山魁的發育極好。

月光雖然強烈，但是我們只看到了它可怕的外形，卻看不清面孔。山魁身上彷彿有一層飄動的黑影，它不斷發出如雷般的吼叫聲，向我們步步跑來。

整個捨身崖都在發抖。

我的視線迅速掃視著周圍環境，沒遮蔽的崖頭實在找不到可以躲避眼前凶獸的地方。

「有槍的人掏出槍，瞄準山魁的腦袋射擊。」我命令道：「張泉，你不是說這怪物最喜歡血腥味嗎？掐破雞心，將它扔遠點。但是千萬不要甩下山崖！」

最危險的時候，每個人都精確的按照我的吩咐做了。面對這絕世凶獸，人類的力量實在微弱得不值一提。自己和猴子掏出槍，對準越來越近的山魁不斷射擊。

但是銅子彈猶如打在了鐵板上，不停發出難聽的碰撞聲。

居然無法射穿它的皮膚！

山魁憤怒的吼叫了幾聲，它氣急了，作為掠食者頂層的生物，它不能容忍渺小的人類的攻擊。身上的黑影因為怒氣，竟然迅速膨脹起來。我定睛一看，嚇了好大一跳。那是毛，山魁的體毛。這些體毛猶如針刺似的一根根豎立，不知為何，令我想起趙雪屍身上那些漆黑致命的長髮。

難道所謂的山魁，也是因為那些頭髮而變異的生物？

憤怒的山魁離我們只剩下了十多公尺的距離，我高喊一聲：「張泉，你娃娃還發什麼愣，還不快給我掐破雞心扔出去。」

張泉這個普通人哪裡見過這個陣仗，早被山魁給嚇傻了，被我一吼，這才下意識的將保鮮袋裡的雞心給扔掉。可是奶奶的，他扔就扔吧，慌亂之下居然連保鮮袋都沒有打開。

「老五叔！」子彈打空了，我換了個彈匣。

老五心領神會，掏出彈弓就對著雞心的位置射出一顆石蛋。保鮮袋被石子打破，雞心也破掉了。餘力還將那顆雞心向外推出了好幾公尺。

雞的心頭血還有些沒有凝固，流了出來。一時間腥臭味向著四面八方擴散。

「幹得好！」我大喜。

山魁彷彿聞到了腥臭味，暫時沒來得及顧我們，跳躍著朝雞心的位置衝過去。這怪物似乎沒有智慧，只有食慾！

我大手一揮，「大家快跟著我逃。」

眾人立刻跟在我背後死命的跑。沒跑幾步，山魁已經一口吃掉雞心，再次追了上來。

不過還沒等它真的逼近，所有人都一臉死灰的停下了腳步。再往前一步，便是萬丈懸崖，我們已經退無可退，逃無可逃了！

「死定了！」猴子臉色慘白的嚷嚷道：「哥子還是處男，真的還是處男啊！死得這麼淒慘，哥子不甘心！」

秦思夢瞪了他一眼，「死，死，死。說得那麼難聽。你背上不是揹著你媳婦嗎？要想告別處男容易得很，將你媳婦放下來繼續洞房。」

猴子更悶了。這位校花大人漂漂亮亮的，怎麼話說得經常有爆點。她真的是一位大家閨秀嗎？

說者無心聽者有意，我的眼睛頓時亮了，「這個主意好。猴子，把你媳婦放出來！」

「老古，你來給哥子湊啥熱鬧。當心老子跟你火拚！」士可殺不可辱，猴子火了。

龐大的山魁在逼近，恐怕再過幾十秒鐘，我們幾個人就會被這刀槍不入的怪物殺死。待屍體腐爛後，才會被拖回巢穴吃掉。那些黑衣人，究竟是怎麼從這怪物手裡逃走的？那神秘勢力的實力，還真是厲害得可怕。

我瞪了猴子一眼，「我在說正經事。快點！再晚我們就沒命了！」

猴子見我神色嚴肅，再加上危險近在咫尺由不得多猶豫了。只好將揹在背上的趙雪屍體取下，把裹屍布扯開。

裹屍布中，屍體仍舊被血頭菇菌株密封著。只是那些血頭菇純白的體表，已經變得漆黑了。這可不是好現象。

「老五叔，又要麻煩你了！」我一眨不眨的看著逼近的山魁，計算著時間。

老五大笑道：「這種主意虧你娃能想到。」

說著，他就在屍體上撒了一些白色的粉末。幾乎是眨眼的工夫，趙雪屍身上的菌株就消失得一乾二淨。沒有了血頭菇的壓制，變異屍體立刻就站了起來。

屍體一動不動的站在原地，長達幾公尺的黑色髮絲被崖頭上的風拉扯著，「噗噗」的如旗子般擺動不停。它猩紅的眼珠子，一隻看著猴子，另一隻嗜血的看著我們。

被它的眼睛一盯，所有人都不寒而慄，背上的冷汗流個不停。

「死猴子，快給你婆娘[8]下命令。」老五見猴子畏手畏腳的，大喊道：「你不曉得四川的媳婦，在外邊最給自己家漢子撐面子了！你的話它肯定聽！」

猴子嚇了一跳，「我哪敢命令它，你看它看我的眼神。恨不得扒光哥子的衣服，就在光天化日下交配咧！」

「沒出息！」我又瞪了他一眼：「快對你妻子下命令。不然我們都得死！」

「老子，老子，啊啊啊！老子豁出去了！」猴子被我們逼到不行了，吼了一聲後，指著已經極為靠近的山魁道：「給我殺了它！」

趙雪的屍身一動也不動，似乎完全沒有聽到命令。

眼看著山魁的拳頭伸向最前方的秦思夢，就在我們全都絕望時。我一咬牙，暗叫一聲「對不起」，就把猴子狠狠推了出去。

猴子的身體猛地被推到秦美女跟前，山魁的大拇指指甲，甚至已經刮在了他的皮膚上。

「老古，你個仙人板板，你害死哥子了。」猴子嚇得快哭出來了，說時遲那時快，山魁的手，竟然在要了他的命的前一刻，硬生生的停住！

是趙雪的屍體，它終於動了。長髮飛舞，將山魁的胳膊緊緊捆了個嚴嚴實實。這個傳統的女性，哪怕是死了，哪怕和猴子舉行的是冥婚，也要保護自己漢子的命！

死

也要保護他！

8 婆娘：四川人對自己妻子的土稱呼。

第十章◆雲崖霧海

一隻高達四公尺的絕世凶獸，一具只有一百五十幾的變異屍體。這一獸一屍就在呼嘯的崖風中停止了所有動作。

但僵持，並沒有持續多久。

只聽山魁再次發出雷鳴般的吼叫聲，伸出左臂使勁的一拉扯。趙雪的屍身風箏似的就被扯到了空中。

月光下，變異屍體蒙上了一層血紅。它的長髮如同繩子被甩得飄來飄去，始終沒有脫離山魁的手臂。山魁猛地吃痛，更瘋狂了。

我定睛一看，不由大喜。只見趙雪的頭髮每一根都像是一根刺，深深的刺入了山魁鋼鐵般的肌肉裡。山魁吼著，乾脆一把將趙雪捏住。

趙雪的屍體不愧變異了，任憑碩大無比的山魁如何捏，都沒有任何反應。

老五捅了捅猴子的後背，「給你媳婦加點油唄。」

「加油，加油。殺了它，殺了它。」猴子眼睛一鼓，有氣無力的喊道。

也許是聽到了自己丈夫的吶喊聲，本來不怎麼愛動的趙雪突然來了勁，終於又動了起來。這一動令所有人跌破眼鏡。

趙雪屍身居然將山魁的指頭一根根掰開，僵硬的雙腿輕鬆一跳，跳到了山魁的肩膀上。瀑布般的長髮隨風一甩，化為千萬根針，刺進了山魁的喉嚨。

只聽一陣「劈哩啪啦」的難聽響聲。山魁彷彿受到了致命攻擊，身體竟以肉眼可見的速度消瘦下去。

「它、它居然能吸食山魁的戾氣和血肉！」老五驚訝得喊道。

就在所有人的眼皮子底下，山魁身形迅速的變小，越變越小。從四公尺一直低矮到了兩公尺、一公尺半、一公尺。

最後只剩下六十公分的高度，山魁身上蒙著的那層黑色影子也消失得無影無蹤，最終在月光下顯露出了身形來。

我好奇的拿手電筒照了一下，頓時倒吸一口冷氣。

這所謂的山魁，真身不就是一隻峨眉山洗象池附近隨處能見到的猴子嗎？這種學名為藏酋猴的山猴子，色澤棕青，短尾，個大。是峨眉一絕。它究竟是怎麼變為傳說中的山魁的？難道真的是因為大豐神陵墓的緣故？

老五走上前，撥弄了一下藏酋猴的屍體。這被吸光了戾氣的猴子，身上瀰漫的超自然力量已經消失殆盡。五十多公分的身高，瘦弱的身體，跟剛才的模樣反差極大。而最可怕的，還是它現在的模樣。

死掉的藏酋猴早已經被剝掉了皮膚，血淋淋的肌肉組織裸露在空氣裡。它的內臟也被挖空了，一根根的肋骨突出在腹部。原有的五根手指頭，只剩下三根。可是每一根手指，都粗壯無比。

藏酋猴被改造過。它和大豐神陵墓中的血屍，何其相似！這人為改造出的山魁，難道就是數千年前的古人用來守護陵墓的怪物？

甩了甩腦袋，自己沒有再想下去。山魁是解決了，可是不遠處的趙雪屍身，又成了個大問題。如果沒處理好的話，我們一行除了天然呆孫喆外，還是只有死路一條。

張泉打量了一眼趙雪那孤單站立在月光中的屍身，又怕又八卦的問：「孫喆哥，這是你媳婦？她得什麼病了，怎麼模樣這麼可怖？」

猴子眼睛一翻，「你哪隻眼睛看到它像是活人？」

「她、她、她是屍體？」張泉立刻大為敬佩，比起大拇指：「哥果然是情義之人。我一直就在納悶為什麼孫哥你一定要揹著個人形大包裹下山崖也不嫌累。居然是隨身帶媳婦的屍體！太佩服了！太感動了！你肯定能當選感動中國十大人物！」

「呸呸呸！」猴子懶得跟這傢伙說話。

我暗中看了老五一眼，示意他繼續用血頭菇將趙雪封印起來。老五無奈的搖了搖腦袋，低聲道：「它吸收了太多戾氣，我想是封不住了。除非它主動！」

微微嘆了口氣，我只得拍了拍猴子的肩膀，準備試一試，「猴子，試試下個命令給你的妻子。讓它乖乖的給老五封印。」

趙雪屍體殺了山魁後，並沒有攻擊我們。這算不算一個好現象呢？可為什麼會變這樣，自己並沒有頭緒。

「過來，站這裡！」猴子沒精打采的衝他媳婦揮揮手。

沒想到趙雪的屍身居然真的聽了他的話，幾跳就跳到了歪貨法醫的跟前。離他的嘴就差幾公分了。這猙獰的模樣一逼近，嚇得猴子連忙向後退。他一退，屍體也跟著跳著往前追。

「好厲害！」張泉滿眼都是小星星：「孫哥，你從哪裡拐騙的媳婦啊。死了不但能動，還挺聽老公的話的。我也想搞一個回家！」

猴子被屍體跟著，哪裡還敢多動，只能對張泉罵個不停，「去你的張泉。信不信哥子喊它啃你幾口。」

張泉嚇得連忙抱住了腦袋，「哥，不要啊。你媳婦明顯是電影裡殭屍一類的玩意兒，被咬一口小人我哪裡還有命啊！」

「白癡，這世上哪有殭屍。它不過是被一股現在科學還無法解釋的超自然力量附身了。」我搖了搖腦袋，沒再理會那兩個活寶，讓老五再次將趙雪的屍身封印。

趙雪屍體心滿意足的挨著猴子，沒有反抗。老五很順利就用血頭菇將它封了起來。猴子把它重新揹到背上後，這才鬆了口氣，「死老古，打死哥子，哥都絕對不把它放出來了！」

「廢話少說。」我聳聳肩膀，不置可否。山魁一死，自己又有足夠的時間觀察起環境。可是左看右看，也沒看出個所以然來。自己一拍腦袋，怎麼老子把嚮導給忘了。

我笑眯眯的走到麻衣老人劉娃兒身旁，恭敬地道：「劉老，該您帶路了。」

劉娃兒用手電筒照著嘴，不聲不響的說：「跟我走！」

說完便帶我們七拐八拐的來到一處山崖旁，吊著繩子，往下滑。同樣是剛剛的順序，我第一個溜下去。

幸好雲層壓得很低，也沒有遇到傳說中的瘴氣。六百公尺的繩索一直快滑到底，自己才再一次踩在土地上。

揉了揉發痛的手，我定睛看著四周。突然，整個人都呆住了！

隨後等所有人都下來時，老五也渾身一抖，大聲喊道：「格老子，這裡就是傳說中的三霄寺？」

「不錯，就是這裡。」我用乾澀的聲音回答。

三霄寺，此行的目的地之一，我們終於到了！而距離我們四人詛咒發作斃命，還剩下不到四十三個小時！

麻衣老人劉娃兒曾經說，八十多年前三霄寺浮屠鐘響起後不久，發生了詭異的地震。整個三霄寺所在的山崖都向下滑落了五十幾公尺。看來確實如此，整個崖頭都散落著曾經滑坡的痕跡。

「這裡就是三霄寺。我好不容易才從裡邊逃出來，看到的卻是所有人的屍體。」劉娃兒摸著不遠處的一棵樹，臉上滿是悲痛，「這輩子，我都希望知道真相。」

「劉老，你會知道真相的。」我安慰了一句後，向前走了兩步，問道：「根據四川的資料記載，當初峨眉縣長吳鴻壽不是第一時間趕到了現場嗎？」

「他確實趕到了，也拉走了大部分人的屍體。可仍舊有許多屍體，因為山崖下落而來不及運走安葬。」劉娃兒嘆了口氣：「陳年老事，我也不想提起了。希望你信守約定！」

我笑了兩聲，點頭朝遠處眺望。

「在很久以前，這裡曾經被稱為千屍崖。傳說是整個峨眉山戾氣瘴氣最重的所在。自流井的演空大師來之後，發下宏願，煉化戾氣。才將它改名為捨身崖。曾經三霄洞所在位置和四號捨身崖最靠近，也最為神秘。」我一邊說，一邊又走了兩步，「可惜了，如果三霄寺現存到如今，肯定香火旺盛。」

如今的寺廟古棧道早已木朽路斷，三霄寺的殘骸隱藏在雜草和新生的樹木之間，枯藤遍野。

哪怕是就著殘岩斷壁，仍舊能依稀在月光下看出當初寺廟新建時的宏偉闊氣。演空化緣一輩子，就是為了修這座廟。可惜廟宇建好後沒幾天，就被毀掉了。據說他也在三霄洞的詭異爆炸後，消失得無影無蹤。沒人知曉其下落！

我們一行小心翼翼的走到佛場前，老五警戒著任何危險。

寬闊的佛場本來是用青磚堆成的正方形廣場，青磚的縫隙間長滿生命力旺盛的雜蒿，蕭索荒涼。

整個崖頭，都死氣沉沉的。聽不到任何的蟲鳴鳥叫，陰森冰涼。越是往前走，背脊越是發冷。

佛場上本來高聳的兩根七佛柱倒塌在地上，斷成好幾截。但最詭異的是，倒塌的原因，似乎並不是因為劇烈的震動。

我們六人向前一直深入，我不由得皺起了眉頭，心裡老是有一股怪異的感覺。奇怪了，怎麼會這樣！眼前的建築、七佛柱，甚至不遠處仍舊矗立的大門，都給人一種不協調感。

穿過大門，可以看到門邊有兩尊高達四公尺的菩薩，原本佛光流溢的面容早已經面目全非，金身剝落。我「咦」了一聲，伸手摸了摸菩薩的身體。

「怪了，八十多年對石雕而言，並不是太長的歲月。何況菩薩身上的顏料是用植物染料染上去的，根據我的經驗，哪怕幾百年也不會褪色成這副狼狽模樣！」我摸著下巴，拚命的想要將思緒中不協調的部分挖出，具體化。

老五也覺得奇怪，「難道是三霄寺沉入了雲層裡，浸泡在瘴氣中，被腐蝕的？」

「不對。按理寺廟向下落之後，確實在峨眉山的雲帶之中，終年見不到陽光。可是植物還在生長，證明這裡也沒有太厲害的瘴氣。」我內心深處越發不安，「總感覺，有哪裡不太對勁兒！」

不對，不是哪裡不對勁兒的問題。而是這個三霄寺作為佛廟，哪裡都不太對勁兒！穿過了第一道佛堂，就來到了寺廟的廣場。廣場同樣大氣非凡，哪怕是隔著八十多年的蕭索，仍舊能看出建造者花了莫大的心思。

雲霄、瓊霄、碧霄三位女仙的寶像被分別豎立在廣場東南西三個方向的神龕中。中間一座幾乎高達二十公尺的鐘樓迎風豎立，至今未倒。簡直像是一根從地上長出的刺，直刺入碧空。

當我們一眾人看到三尊仙女像時，全嚇傻了。猴子和秦思夢甚至被嚇得瑟瑟發抖。

「好可怕，這哪裡是仙女像？」猴子整個人都在發抖。

只見三仙女的金身同樣和外邊的兩尊菩薩一般，剝落了。只不過剝落得更厲害。貼上去的金箔和金粉全都熔化了似的，化為細小的圓顆粒，滾了一地。

這簡直是不可思議！黃金的熔點高達一千多度。八十幾年前除非是在仙女像上澆上汽油，否則很難讓整座雕像都達到如此高溫。

但是三仙女身上偏偏沒有任何焚燒過的痕跡。

而最古怪的，還要數雕塑的樣子。石雕的顏色全都褪掉了，許多地方甚至露出了灰濛濛的石質。三仙女眼睛下邊，有一條非常明顯的紅色痕跡。彷彿流了血淚般，配上慈祥不再，只剩猙獰的面容，看得人不寒而慄。

這哪裡還是菩薩，根本活生生是三尊人形怪物！

秦思夢打了個冷顫，「小古，這算怎麼回事？這廟，老讓人有種徹骨冰冷的感覺，彷彿有無數雙眼睛在黑暗中盯著我看。還有這些仙女……」

「你們看到的，就是三仙女本來的模樣。」突然，麻衣老人劉娃兒冷哼了一聲。

猴子又被嚇了一跳，「怎麼可能，仙女怎麼可能這麼恐怖？」

我一敲腦袋，終於想起了一些事情來，「該死，我就說這寺廟為什麼給人如此不協調的感覺。搞了半天，原來是因為這個。」

「小古，麻煩你不要說話說半截，一次解釋清楚。」秦美女瞪了我一眼。

我搖了搖腦袋，「這裡是演空和尚為雲霄、瓊霄、碧霄三仙女建立的寺廟。可是這三個娘們，可是截教的神仙。不，不對，說是神仙也不盡然。甚至是抬舉她們了。」

「我記得《封神榜》裡，對她們三個的記載，可沒有一句好話。峨眉山的歷史文獻裡，也對三仙女的惡跡斑斑多有描述。」我揉著眉頭，「現在甚至都還能在峨眉縣誌中查到如此一段話：在捨身崖範圍邊緣地帶，有一個洞名叫三霄洞。

「所謂三霄，是《封神榜》中，以混元金斗一口氣害了姜子牙請來的幾十位神仙的那三個美貌惡仙。而民間傳說中，這三個惡仙被太上老君和元始天尊破了法像後，逃回三霄洞，恨意難平，往往化作雲煙，吞吃山民解恨。

「八十多年前的三霄洞慘案，就有傳說是劉娃兒的同鄉驚擾了這三娘們，被三娘們用瘴氣殺死。」

「所以說，其實這個寺廟本身，就有問題？」猴子聽出了味道。

我點頭，「不錯。不光是寺廟。總之這裡似乎比我想的更加凶險。大家小心一點！供奉惡仙的寺廟，怎麼想都很詭異！」

話音剛落，自己突然一愣。耳朵裡猛地傳入一陣怪怪的聲音，窸窸窣窣的從僧客居住的廟堂尾部傳來！

那聲響不只我聽到了，所有人都同時有所反應。

老五瞅了我兩眼，我默默點頭，示意猴子拿出槍，「大家先分散躲起來。」

我們六人迅速的分散開，分別躲到了三仙女像的神龕裡，藏在雕像背後，一聲不吭的探頭往外偷望。

沒過多久，那神秘的腳步聲，終於揭開了面紗。只看了一眼，我就驚駭得瞪大了眼。

該死，那根本就不是腳步聲！至少不是人類的腳步聲。

一群峨眉山的猴子抬著一口沉重的棺材走到院子裡。說是猴子，其實這些靈長類生物，早已經沒有了毛，光禿禿乾巴巴的身軀瘦得只剩皮包骨頭。每隻沒毛猴都長相恐怖，猩紅的眼睛裡散發著賊亮而邪惡的光。

十二隻猴子吃力的將那口沉重的棺材放在了鐘樓下，然後一動不動的圍在棺材旁，再也沒動靜。

月影移動，月光抽出了幾絲來，剛巧躲開鐘樓的影子，照射在棺材上。頓時漆黑的棺蓋表面騰出了一絲白茫茫的霧氣。詭異得很。

跟我躲在一起的猴子與秦思夢頓時面面相覷。

「那些沒毛猴在幹嘛？」歪貨法醫孫喆悄聲問。

秦美女也大惑不解，「月光底下曬棺材，這些猴子挺通人性的。難道棺材裡邊有對牠們而言很重要的東西？」

「總覺得有些邪乎。」我皺了皺眉頭，將槍口比向那群樣子難看的猴子，「最好打斷牠們。這個廟太詭異了，小心為上。」

說完，我就扣下扳機。

巨大的槍響聲轟鳴，打破了千屍崖的寂靜。今晚我的運氣不錯，其中一隻猴子聞聲斃命。剩下的十一隻猴子頓時嚇了一大跳，再也不敢守著棺材，紛紛呼嘯著逃了個一乾二淨。

等了一會兒，棺材裡並沒有傳來動靜。我們六個這才緩緩走出來。老五敲了敲棺材蓋，只聽一陣「砰砰」作響，聲音極為沉穩。自己一驚，製作棺材的木料似乎有些出人意料，我居然不知道是什麼木材。

九九八十一根棺材釘將棺材緊緊的釘住，看棺材的樣式，應該是秦朝時期的風格。但是秦朝距今兩千多年，再好的木材也早已朽爛了。這一口，肯定是近代仿製的。

我越看越驚奇。實在搞不懂那些猴子為什麼要抬棺材來曬月光，更不清楚這座荒廢的詭異廟宇，怎麼會冒出一口仿秦棺材來！

張泉搖了搖棺材，沉重的棺材紋風不動。他嘆了口氣，「那些猴子的力氣真不小！古兄弟，要打開不？」

「打開個屁！你不會以為這棺材裡放著你外公屍體吧？」我瞪了他一眼。自己對未知的東西，從來都是充滿敬畏。哪怕再好奇，但是這口棺材明顯充斥著一股致命的危險。誰知道打開以後會跳一隻什麼出來。

進入大豐神陵墓要緊，其餘的東西，敬而遠之！

張泉乾笑了兩聲，顯然是被我說中了心思。

「走吧！」我招呼了剩下的五人，小心翼翼的朝三霄洞摸去。根據從鎮壓陵得到的訊息，三霄洞極有可能藏有大豐神陵墓主墓的入口！

有驚無險的穿過三霄寺，從樹林裡穿越了幾百公尺，就看到一座碩大的山崖如刀割掉了腦袋般，聳立眼前。

越過稀疏的樹枝，甚至能看到崖下有三個斑駁的大字依稀可辨。正是「三霄洞」三字！

洞口兩邊各有一尊菩薩，高約六公尺，已面目模糊。寺廟鐘樓的那口銅鐘不知被誰推到了洞前。擺放的方法也極為怪異。

「好大的一口鐘啊！」猴子眨巴著眼，「看起來足足有一千多斤吧？可是為什麼要倒著放？」

三霄洞高約五公尺，寬約四公尺。洞內不停的往外冒著刺骨寒氣。那寒氣陰颼颼的，讓人覺得彷彿浸在冰水中，弄得所有人都冷得厲害。

「好冷！」秦美女揉了揉肩膀，大惑不解，「不是說三霄慘案後，三霄寺所在崖頭就因為滑坡再也沒辦法上去了嗎？究竟是什麼人將那口上千斤的銅鐘摘下來，倒放在洞門口的？」

我搖了搖腦袋，「這麼重的鐘，一個人根本做不到。至少需要幾十人才行。難道是演空和尚覺得不對勁兒，所以用銅鐘來鎮壓洞裡的邪惡？」

不錯，銅鐘上碩大的「浮屠」兩字極為顯眼。銅鐘倒著放，在佛家經典中有特殊的意義，那就是鎮壓邪魔。何況，銅鐘上還密密麻麻的貼著大量的紙符。看得人不寒而慄。

無數紙符在風中吹來吹去，發出「唰唰」的響聲。

老五打了個寒顫，「先搞清楚再說，老子有種不祥的預感。」

我皺著眉頭，嘆了口氣。這股不祥預感，自己同樣也有。相信所有下了四號捨身崖的人，心裡隱隱都能感覺到不祥的味道越來越濃重。

三霄洞，恐怕比我們想像中更加凶險。可是自己一行能有選擇嗎？硬著頭皮也只能進去。搏一搏解除詛咒的最後生機！

「猴子，你在周圍四處瞅瞅，看洞附近有沒有問題。」我迅速吩咐著大家，雖然大家各自有各自的原因，但是所有人最終都要進洞的，還不如防患於未然，查查有沒有陷阱，「老五叔，麻煩你把血頭菇菌株種植一些在洞前邊。」

大豐神陵墓太神秘了，背後的耍陰招勢力也可怕得很，小心是必須的。

剛吩咐完，卻見張泉猛地搖頭，「古兄弟，來不及了！」

「什麼來不及了？」我沒搞明白。

可是，已經不需要我問清楚，下一刻自己就明白得清清楚楚。只見三霄洞所在的千屍崖前，遙遠的天際山間——

一絲拂曉的陽光刺破了黑暗。

第十一章◆邪惡三霄洞

這一束微弱的光，似乎立刻產生了催化作用。

原本還在千屍崖下翻滾不休的瘴氣雲撲騰了幾下，迅速的隨著灰敗的日光湧了上來。雲海的海拔不停變高，越來越高，甚至在幾個眨眼的工夫，就爬上了千屍崖最前端的三霄寺佛場。

眼看再不用多久，瘴氣雲便會將整個千屍崖都掩蓋住。而三霄寺和三霄洞，又會重新回到瘴氣的懷抱中。

「該死！」我大罵一聲：「沒辦法了，大家戴上防毒面具。立刻衝進三霄洞裡！」

關於峨眉的雲海瘴氣有太多極為可怖的傳說，我也搞不懂這所謂的瘴氣究竟是透過呼吸系統致命，還是經過皮膚腐蝕。不過，自己也沒有興趣拿命去驗證。

而進入三霄洞，恐怕也是唯一不被瘴氣毒死的方法。所有的洞穴都是向下進入地底山體中的，這就會在瘴氣雲裡形成氣泡保護層。只要進了洞，瘴氣的危險就會消除大半。

說時遲那時快，隨著我的喊叫。一行六人哪裡還不清楚危險，早就前仆後繼死命的朝不遠不近的三霄洞逃命。雲海追得很快，我們前腳進入洞穴，雲崖霧氣後腳就追到了洞口。

詭異的是，一到洞口，瘴氣居然再也無法進入。彷彿一層透明的薄膜，將雲氣徹底擋在了洞外。

洞外雲霧瀰漫，除了蒼茫的白色，就什麼也看不到了。

我們每個人都嚇出一身冷汗。而自己，卻完全無視眼前的奇景，只是皺緊眉頭，就連臉色都陰沉了下來。

三霄洞出現的奇特景象越多，證明裡邊越凶險。前景堪憂啊！

我深吸一口氣，打開手電筒：「算了，走吧。已經沒有退路了。」

等雲海再次下沉，不知道需要多久。好幾年都不一定出現一次。之後哪怕是順利找到大豐神陵墓，幸運的解除詛咒，肯定也無法從原路返回，必須要重新在三霄洞中找別的出路才行！

我們一進入三霄洞，就有了不同的感覺。雖然世上所有的洞穴都陰冷潮濕，但是這個洞，卻有些不太一樣。

洞裡只有陰冷，沒有潮濕感，而且還非常的乾燥。地上每隔一段地方，就擺放著一截燭台。燭台中還有剩餘的蠟燭。我隨手掏出打火機，將蠟燭點亮。

已經閒置了八十多年的蠟燭頭猶豫了片刻，終於還是迸出一絲火光。火光越燒越旺，昏暗的光將周圍稍微照亮了一些。

火能正常燃燒，證明洞中的空氣還算不錯，至少能供人呼吸。我率先摘下了防毒面具。剛聞了聞洞中的味道，突然「咦」了一聲。

然後馬不停蹄的一個人朝前邊衝了出去。

「老古，你跑啥子跑！小心點！」猴子大吼一聲，也跟著我往前衝。

不多時，我們一行就衝入了一個石室中。這個石室大約六十多平方公尺，高足足四公尺多。一進來，每個人的臉色頓時都變得不太好了。

三霄洞中，有人！

除了我們外，還有別人！

洞中央留著一堆篝火，雖然燃燒殆盡，但是餘溫猶在。明顯是有人在這裡短暫停留後吃了些東西，不久前才出發走掉的。

我摸了摸篝火，又打量著篝火旁的事物，沉默不語了許久。

「古小娃兒，至少有七個人！」老五同樣觀察著篝火旁的痕跡：「事情有些不好搞了！」

「是那個勢力的人？」我問。

老五冷哼一聲，「不是他們是誰？」

這令我更加疑惑了，「如果真是他們，那七個人究竟是怎麼進三霄洞的？難道除了四號捨身崖外，還有別的路？」

老五臉色陰晴不定，「那勢力神通廣大，肯定有其他門道。只是我們搞不懂罷了！」

一想到一直以來神秘勢力展現的養屍、詛咒……等等超自然能力，我的心就一直往下沉。和擁有超自然力量的人，還是七個人正面對抗，自己一行的勝算究竟有多少？老五的血頭菇能制伏他們嗎？猴子的死屍媳婦趙雪能對抵他們嗎？

一切的一切，都令我沒有太多信心。

幸好我不是個愛鑽牛角尖的人。偏過頭去，視線越過了篝火後，突然看到了洞內一側居然密密麻麻的擺放著許多的麻袋。這些麻袋已經朽爛，破掉了許多。可沒有破掉的麻袋仍舊堆了很高，鼓鼓脹脹，不知裡邊裝的是些什麼。

自己幾步走上前，用刀在袋子上用力割開個口子。頓時，一大堆發黃發臭的米狀物立刻露了出來。米早已經嚴重結塊，惡臭熏天！

「好噁心！」我背後的人立刻被臭得向後退了好幾步。秦美女抱怨著，探頭望個不停，「小古，那是什麼米？」

我伸出手抓了一球結塊揉了揉，不由大驚，「居然是糯米！」

怪了！糯米！三霄洞中為什麼堆積了如此多的糯米？

猴子聞聲一變，「老古，峨眉附近根本沒有種植糯米的環境和條件。這些糯米明顯是人為囤積的！可是，囤集糯米的人，究竟有什麼目的？難道三霄洞裡的秘密和糯米有關？」

「我看，說不定真被你說中了一些！」我又翻了幾個袋子，頓時苦澀的笑起來，「你看旁邊的袋子，裡邊裝滿了用過的糯米。這些糯米明顯黏過髒東西，而且那髒東西很毒。毒素甚至已經浸入了米粒中，猶如天然的防腐劑，不光蟲不敢吃米，幾十年過去了，甚至沒有腐朽。」

糯米中的毒，似乎是屍毒。

米堆旁有許多敞開的袋子，黑漆漆的糯米顆粒飽滿，可是卻充滿了邪惡的氣息。

光是看上幾眼，都令人心頭發涼。

老五用沙啞的聲音道：「這三霄洞裡，莫不是有殭屍？」

這句話，讓所有人都嚇得抖了一下。

「這世上哪有殭屍。所謂的殭屍，只是現有科學無法解釋的超自然現象而已。」我呵斥道，照例用自己的慣有說辭壯膽。

一直沉默不語的麻衣老人說著唇語，「三霄寺不得了啊。從前人小，覺得演空大師人品好，居然在千屍崖上修築佛寺超度戾氣。現在想來，似乎這位大師本身就有問題。」

麻衣老人恨恨道：「我在峨眉待了八十多年，為了尋找真相查了不少的資料。越查，越覺得那位自流井的本家親戚，所謂的演空大師不簡單。」

我愣了愣，突然醒悟過來，「不錯，祭拜三個惡仙，又在三霄洞裡堆積糯米。這位演空大師說不定真有問題。」

自己甚至懷疑，這演空大師或許根本就是那個神秘勢力的人員之一。跑到捨身崖的三霄洞外修寺廟，不過是掩人耳目罷了。最終的目的，是在想方設法摸清楚如何進入大豐神陵墓！

只不過八十多年前出了慘絕人寰的三霄洞慘案，這才將他的計劃生生打亂。說不定那三霄洞慘案之所以發生，也和他有莫大的關係。

但是這麼多年了，三霄寺也荒廢了，而那演空大師，究竟去了哪裡？

我們六個沒有在這石室中待多久，便繼續往前走了。現在大家都是一條繩子上的蚱蜢，哪怕是不願意，也沒回頭路可以走。

三霄洞比想像的更加普通，順著八十多年前的燭台路走了十多分鐘，眼前突然豁然開朗，岩洞中又出現了個更加龐大的石室。

這個十多公尺高，足足三百多平方公尺的石室四壁明顯經過人工打磨。這項就算是現在看來都很艱難的工程，居然是古人用簡單的金屬工具來完成的。而且打磨得極為精細，手電筒光照上去，竟然光滑的能反射出人的影兒來。

「是製造大豐神陵墓的人打磨的？」秦美女摸了摸映在洞壁上的自己的影子問。

我點點頭，「應該是。」

「奇怪了，他們是吃飽了閒得沒事做，幹嘛將天然洞穴打磨得這麼光亮？」猴子也奇道。

「古人的行為，自然有他們的道理。總之當心一些，製造陵墓的古人們明顯不希望有後人進入陵墓。」我警告道。廢話，兩千年前花了莫大的力氣來封印這個叫做「大豐」的怪物。如果不是有詛咒在身，自己就算是犯傻也不願闖進去。

何況八十多年前的三霄洞慘案，可是死了七十幾人。一個個死得又詭異又慘，據說死前根本來不及反應，誰知道這是不是某個被觸發的機關造成的。同樣的下場，會不會出現在我們身上。

「不錯，小心點總歸沒有錯。」老五猶豫片刻：「沒時間看稀奇了，走吧。」

我最後看了一眼石壁上映著的所有人的影，越看越覺得那些影子，似乎並不隨著我們的動作而動作。甚至，就像在看別人般詭異。

猛地打了個寒顫，自己不敢再多看下去。連忙穿過石室的中央，朝對面的通道走去。大家魚貫著進入通道後，一個個整齊的同時停下了腳步。

「這，該咋個走？」猴子傻了眼。

只見眼前的通道沒多遠便是盡頭。通道盡頭，竟然只有一個僅能容十二歲左右的瘦弱小孩才能通行的豁口。附近，再也沒有其他的通路。

秦思夢用手東摸西摸，將通道四壁摸了個遍，滿臉絕望，「真的是沒路了。唯一的通道除非我們會傳說中的縮骨功，不然沒人能進得去！」

「不對，一定有別的路！」我用力捶了捶洞壁：「走在我們前邊的七個人，他們去哪了？這裡直通通的只有一條路，沒有岔道。但是他們卻失蹤了。這不科學！」

我們剩下的時間已經不多，如果找不到路進大豐神陵墓，就等著死於詛咒。那七個人究竟是怎麼消失的，這個很關鍵。只要找到了他們的蹤跡，就能找到進陵墓的辦法。

一行人失望的折回了鏡子般的光滑石室中，就在我們專心尋找那七個人的痕跡時。猛然，從洞外傳來了一陣怪異又熟悉的腳步聲。

「該死，那些怪猴子回來了！」我一皺眉，沒過多久，便看到十一隻怪猴子抬著那口曬過月光的沉重棺材走了進來。

猴子們憤恨的見著我，彷彿知道是我殺死了牠們的同伴。無毛猴子無聲無息的將棺材扔在石室中，拔腿就跑。就像有什麼絕世可怕的東西要出現了似的，跑得那叫一個飛快。

我眼皮抖了幾下，不祥的預感籠罩了全身：「不好！」

說時遲那時快，一直沒有響動的棺材內，猛地發出了一陣拍打聲。我們還來不及反應，棺材蓋就已經被拍飛，連帶著九九八十一根棺材釘飛向了空中。

遠遠的摔在地上。

「大家屏住呼吸，倒在地上裝死。」鬼才知道棺材中是什麼，也沒時間逃跑了。我大喊一聲後，第一個倒在地上裝屍體。這對付血屍的辦法，不知道對棺材裡的玩意兒有沒有用處。

假如棺材中是生物的話，裝死確實也是個不錯的沒辦法中的辦法。

半閉著眼睛，只聽棺材裡發出「撲騰」的破空聲，一個人形物體，從裡邊緩緩跳了出來！

石室裡的蠟燭火焰，在它的跳動中，猛地用力搖曳了幾下。幸好沒有熄滅。

藉著眼皮上的縫隙，我看到跳出來的人形生物穿著破舊的黃色袈裟。沒有頭髮，臉上沒有皮膚，就連肌肉組織都融化成了一團般，看不出五官究竟在哪裡。

這怪物鼻子的位置只剩下兩個黑漆漆的孔洞，它在空中聞了聞氣味，一跳一跳的朝倒在地上的秦思夢跳過去。秦美女就離我不遠，怪物離得近了，我又看清了一些。

它的後背上一個碩大的爪印，深深的鑲進了背骨裡。那便是致命傷。從破爛的袈裟中可以看到傷口處的皮肉已經風乾了，甚至露出了乾癟的內臟組織。怪物的軀體內部同樣是黑漆漆的，顯然死前中了很厲害的毒。

袈裟！毒！糯米！該死，這具看似人類屍體的玩意兒，該不會就是失蹤的演空大師吧？

難怪三霄洞慘案後就再也沒有他的蹤跡，原來這傢伙早就死了。可是為什麼死掉的演空大師會被密封在棺材中，還被十二隻怪猴子抬著去曬月亮？

事情急轉直下，由不得我多思考。屍變的和尚似乎對秦思夢的屁股很感興趣，伸出利爪般的長指甲，輕輕的刮在秦美女柔軟富有彈性的臀部上。

秦大美女再也顧不上裝屍體，驚聲尖叫了起來！

第十二章◆大豐神陵墓

演空和尚的臉部融化了，眼眶中什麼也沒有了，耳道似乎也不存在了。所以就算秦大美女尖叫的躲開，它也沒什麼大動靜。只是移動爪子，繼續不屈不撓的朝她的屁股上摸。

我沒良心的樂起來，「演空大師一輩子當和尚，憋了上百年沒近過女色。現在死了開竅了，準備吃點葷的。秦妹妹啊，為了大傢伙兒，妳就受受苦，別擔心。眼睛一閉就過去了。說不定妳滿足了它，這和尚就瞑目了，戾氣也消了。」

「滾你全家的屁股！」秦思夢飆了一句髒話，挪著屁股朝我靠過來：「要死也要和你這種沒良心的傢伙一塊兒死！」

自己連忙退後了幾步，沒想到這幾步居然引起了演空屍體的注意力。它又在空氣裡聞了聞，似乎聞到了我的味道。這下不得了了，竟完全拋下秦大美女這校花不要，屁顛顛的湊到了我的身旁。

本是眼睛的漆黑的兩顆洞，直勾勾的朝著我的屁股望去，細長又猙獰的爪子也伸了過來，一把就抓在了我的臀部上。

這該死的老和尚屍體的激烈興奮舉動，弄得我菊花一緊，嚇得魂飛魄散。

這回輪到秦思夢樂了，「小古，報應啊，報應。沒想到這乾屍生前是一塊大玻璃。有龍陽之好。怪不得這輩子上山當了和尚。放心，不過就是菊花痛一痛罷了，又不會掉一塊肉。小古，為了咱們大家，你就受點苦吧。」

「受妳婆的腳的苦！」我大罵，士可殺不可辱，老子可不願意被一隻雄性人類乾屍強姦。自己奮力躲開演空乾屍的窺視，掏出槍扣動扳機。

「啪啪啪」的槍聲不絕於耳，震耳欲聾的迴盪在四周。只是子彈對乾屍這類沒生命的東西，實在沒有威懾與破壞力。那色瞇瞇的乾屍認準了我，就是緊緊的跟在老子背後不放。

你妹的，據說從前有個調查稱五十個神父裡就有一個是同性戀。沒想到和尚就連變成乾屍了，性取向也不正常。世上的神職人員咋個都這德行？

我和演空和尚的乾屍一個逃一個追，自己躲著躲著，竟然跑進了前方的通道中。眼看就走入了絕路，那個乾屍雙手往前一伸，爪子想要抓住我，不承想被我險之又險的躲開了。

乾屍雙爪狠狠打在了洞壁上，令人跌破眼鏡的是，也不知道它擊中了什麼機關，狹小的只能容納十二歲小孩進出的洞內，竟然猛地傳來一陣劇烈的爆炸聲……

巨大的氣流猶如噴出的火舌，巧之又巧的將乾屍撞了出去。我運氣好，剛好站在死角，沒有被氣流擊中。但是空氣裡的炎熱感，彷彿燃燒了般，熾熱起來。

此地沒法久留了！

不知名的機關似乎早已經被觸發過好幾次，噴出的火焰也只剩下尾巴。不然哪裡還有我們的命在。演空大師的乾屍渾身著火，迷茫的站在原地。

我愣了愣後，頓時欣喜若狂。眼前的小豁口居然被火焰擴大了，能容納一個成人通過。不，不對。豁口並非爆炸擴大的，而是早就被人為擴大過。只是進去的人不知用什麼辦法，又將豁口重新堵上了。

「大家快走！」我朝後邊喊了幾聲，便率先走入變大的豁口中。

一進裡邊，炎熱的風便不停的吹在臉上，難怪三霄洞總是乾燥的。這條狹小的豁口看起來，應該曾經是陵墓的散熱口。可哪怕是散熱口，也分佈著不少的機關。不知是幸運還是不幸，機關也早被觸發了。

地上滿是坑坑窪窪的痕跡，一路白骨。

在豁口通道中走了幾百公尺，幾乎每一步腳下都有屍體。屍體的姿勢更是千奇百怪。看來這兩千多年來，想進入大豐神陵墓的傢伙，絕對不是少數。也正是他們，消耗了許多機關。

自己一路向前，突然，我在一具小孩的遺骸前猛地停住了腳步。視線在屍體上掃了幾眼，心，也頓時沉入了谷底。

「老古，你娃走慢點。」背後猴子第一個追上來，他跑得氣喘吁吁：「你不知道現在那個鏡子一般的石室裡鬧麻了，演空老和尚乾屍著火了，正在發瘋呢。我們好不容易才躲進來。」

「閉嘴，蹲下去！」我爆喝一聲，轉身，抬槍，就衝著他身後的人扣動了扳機。

那人迅速的躲開，手一抓，一把抓住了秦美女的脖子。

大家全都被我倆莫名其妙的行為弄愣了神。秦思夢被死死掐住喉嚨，不由得咳嗽了兩聲，「都靜一靜。裡邊是不是有什麼誤會？小古，你也冷靜一下。」

「誤會。呵呵。」我冷笑起來，繼續用黑洞洞的槍口指著麻衣老人劉娃兒，「劉老。你，到底是誰？」

劉娃兒掐著秦思夢脖子的手，更用力了。他臉上浮出一絲陰笑。

「真正的劉娃兒早就在八十多年前死了。」我踢了踢腳旁的小孩遺骸，這孩子身上還殘留著自流井鹽幫的特有裝扮，「你到底是誰？」

「嘎嘎。結果那個演空白癡，居然沒有把他的屍體處理掉。害本身穿幫了！」冒充劉娃兒的老者居然發出了刺耳的笑聲，說起了話：「臭小子，算你機靈。不然還可以多利用你們一下。」

聽到麻衣老者話的老五猛地渾身一震：「你、你是那個先生？慫恿我和父親去種血頭菇的那個先生。」

「老五，你的精氣神好得不得了嘛。親手殺掉父親的感覺，咋個樣？」麻衣老人嘲笑道。

「終於把你找出來了。終於把你找出來了！龜兒子，還老子父親和幾個叔叔的命來！」老五全身都在發抖，他恨意瀰漫，掏出彈弓射了過去。

「雕蟲小技。」麻衣老者在空中一抓，就將那些石頭子兒全都抓在了手中。

9 鬧麻了：四川話亂七八糟的意思。

老五一丁點都沒有沮喪，反而有種陰謀得逞的喜色。可是下一秒他的臉色就不好看起來。

「你真以為血頭菇，能拿本身如何？」麻衣老人笑著，居然將手中堅硬的石子捏得粉碎。石子上血頭菇的孢子也神奇的隨著石頭粉末紛紛落地。

老五一咬牙衝了上去，「老子跟你拚了！」

「白癡。蠢！」麻衣老人一腳將老五狠狠踢開，滿臉難看的笑：「古小兄弟，你是聰明人。我用秦女娃的命，換你幾樣東西！什麼東西，你自己清楚得很。」

我看著秦思夢痛苦的表情，嘆了口氣。「罷罷罷！給你。」

說著，就從包裹裡將自己得到的人皮書拿出來，扔在了地上，「你想要人皮書，對吧？」

「嘎嘎。」麻衣老人似乎會某種隔空取物的功夫，手隨意在地上一抽，包裹就徑直飛到了他手掌上。

這混帳掂量了一下，十分滿意，「東西是對的。這樣一來，人皮書就齊了！」

麻衣老人笑著，沒有食言，果然放開了秦思夢。猴子抽出槍正準備偷襲，被我硬生生阻止了，「讓他走。我們弄不過他。」

「古小兄弟，我一直很欣賞你。硬氣、冷靜、聰明。可惜了。」他搖著頭，笑呵呵的從我身旁離開，「注意你的兄弟孫喆，他，怕是沒時間了！」

麻衣老人離開後，猴子叩了叩腦殼，「那孫子在挑撥我們倆的關係？」

話音剛落，他和老五同一時間痛得跪在了地上。

他們的詛咒，發作了！

黑漆漆的長髮猛地從兩人的四肢百骸、甚至每一根毛孔中冒了出來。眼看就要斃命。

秦思夢緊緊的拽住了我的手，驚慌失措，「怎麼辦，小古，我們該怎麼救他們？」

「別慌。有辦法，肯定有辦法。」我嘴裡說著有辦法，心裡卻滿是絕望。自己有生以來第一次如此恨自己，居然什麼都想不到，居然什麼都沒法做。

就在這時，猴子背上的趙雪屍體彷彿感應到自己丈夫有危險。被封印在血頭菇中的屍身硬是打破了封印，從裹屍布中探出了一隻手來。

那隻手用力拽住了猴子與老五身上越來越長的毛髮，然後長鯨吸水般全部吞了進去。

沒過多久，毛團似的兩人，逐漸露出身形來。猴子死裡逃生，怕得在地上發抖不止。

「活過來了，活過來了。」他用力拍著自己的心口。心臟跳得厲害。

「感謝你媳婦吧，它又救了你一次。」我感嘆一句。這天然呆運氣真不是一般好，被逼著冥婚娶了個老婆。這死屍老婆居然救了他一次又一次。

看著麻衣老人消失的位置，我冷哼一聲道：「拿了我的東西，那老傢伙也不怕噎著。我的東西哪裡是那麼好拿的？」

「你果然在人皮書裡加了料！」秦思夢眼睛一亮，「我就說你怎麼突然開竅，把我的命看那麼重了。」

「廢話少說。」我瞪了她一眼。

一行五人急匆匆的穿過豁口，一路上都走得很順利。前邊的神秘勢力不知道佈置這次入侵有多少年了，他們將所有的陵墓機關都破壞得乾乾淨淨。直到走出豁口，居然都沒遇到什麼凶險！

大約走了半個小時，眼前豁然開朗，一個寬敞無比的空間展現在眼前。猴子看著這龐大的山中世界，驚訝得下巴都快掉了，「古人莫不是把山都挖空了吧。哥子簡直看不到對面在哪兒。」

巨大空間似乎無邊無際，看不到頂端，也看不到邊際。一片黑暗中陰影能夠看到的，大概是一公里外，燃燒著的陵墓的萬年長明燈。

順著長明燈延伸的，是一個大到恐怖的祭台。這祭台足足有七七四十九個大台階，大台階下邊，是七七四十九個小台階。遠遠望去，呈現倒放金字塔般隨著階梯升高而變大的祭台，看起來陰森無比。

祭台頂端，竟是一口血紅色的棺材。遠遠的都能看清楚棺材的模樣，可想而知它究竟有多雄偉。

那口棺材裡，恐怕就封印著大豐神怪物！

我瞪目結舌，「媽呀。七陰祭台，這居然是秦朝的七陰祭台！」

「七陰祭台，是啥東西？」秦思夢不解的問，她被眼前的神奇祭台震住了，「居然能修一個上邊大下邊小的土祭台。這以兩千多年前的工藝能力而言，根本不可能，而且還修了那麼高！」

祭台，至少也有四十九公尺高。放在城市裡，足足有十七層樓那麼高了。對稍微了解一些土木工程的人來說，簡直就是奇蹟。哪怕是放在現代，僅僅只是用泥巴，也不可能做到。

這祭台，肯定有一股超自然的力量，將它固化住。

大豐神陵墓，居然用的是七陰祭台來鎮壓。所謂的大豐這人生前，到底是有多作惡多端、惡貫滿盈啊。

「繼續走。那些傢伙應該就在祭台的棺材旁。想方設法的開棺材呢。」我大手一揮。大凡陵墓中的好東西，通常都在棺材裡。如此碩大的大豐神棺材，用膝蓋想都知道肯定有不少陪葬品。

我們馬不停蹄的來到了七陰祭台邊緣。一個高達兩公尺的古老石碑出現在眼前。上邊的字跡或許是因為陵墓中乾燥的緣故，猶如新刻上去的一般清晰乾淨。用的是古體小篆。

我摸著石碑上的文字，唸了出來，「秦末，一個名字不詳的普通人在耕地的時候，偶然發現了一個古墓。他在那凶險無比的古墓中，得到了一撮頭髮。最後才搞清楚，那墓竟然是赫赫有名神秘無比的陳家墓穴。

「耕地農人將古墓中找到的頭髮插在自己的頭上，獲得了驚天動地的神奇力量。他自稱『大豐神仙』，在四川作威作福，手段殘忍，甚至比秦始皇更加可怕。

「大豐殺了不少人。終於，一個叫做『吾人』的陰陽先生忍無可忍，站出來反抗。

『吾人』集中所有力量，不惜犧牲百萬川人，終於將大豐斬殺，割掉了腦袋，剝掉了皮膚。將其封印在哀牢山千屍洞中。

「警告後人，千萬勿使『大豐』復活。否則災難將至，四川必將再次陷入毀滅！」

我唸完碑文後，腦袋完全混亂了。這簡直就是神話故事啊。一個人得到了一撮頭髮，居然就有了超能力。甚至一個人能對抗上百萬人。這、這怎麼可能？

難道那神秘勢力，是想復活大豐？

不對！或許他們的目標，是那撮頭髮。那撮從一個叫做陳家墓穴的更為神秘的陵墓中得來的頭髮。

必須要阻止他們！

自己雖然和神秘勢力接觸不多，但是那個組織的人草菅人命，耍陰招，玩弄別人。更重要的是玩弄了我。他們，根本全他媽的是些瘋子。

如果碑文上的記載是真的，要是讓瘋子得到了那股力量……光是想想都覺得遍體生寒。

「猴子，槍抓好。要去拚命了。」我們幾個對視一眼。猴子與老五的詛咒只是暫時緩解罷了。我和秦思夢的詛咒，已經迫在眉睫。

拚命，拚出自己的一條命。

一步一步，踏上這倒放的七陰祭台。越是往前走，我越是覺得渾身發冷。那口棺材猶如散發著無窮無盡的壓力，將自己身體內的水分不停往外擠。

在爬了一多半時，只聽一陣欣喜若狂的吼叫聲：「嘎嘎，七張人皮書已經就位，大豐神棺，開啟吧！」

隨著吼聲，祭台上龐大無比的棺材真的震動起來。棺材蓋緩緩朝著右側敞開，猛然間，剛才還若有若無的壓力，頓時噴發出來，壓得我們根本站不直腿。

目測長達十公尺，寬達八公尺的血紅棺材裡。緩緩爬出一絲烏黑的長髮，長髮如浪，不停的往外流瀉。一時間整口棺材旁都出現了黑髮的海洋。

那些長髮太多了，數都數不清。可是每一根卻彷彿都有自己的意識，活了般，靈活的在空氣裡游來游去。

猛地，它們抓住了棺材旁的七人。麻衣老者又吼了一聲：「亮東西！」

七個黑衣人哪怕被頭髮抓住也不掙扎，居然一人抓出一片金黃色的物體來。那是神秘的，至今我也搞不清楚有什麼用處的天書殘片。

金色的天書殘片果然對黑色頭髮有神奇的鎮壓作用。黑髮物質一碰到殘片上反射的光芒，立刻如同蛇類遇到了雄黃般，向後退去。

「給我將它牢牢鎮壓住！」麻衣老人命令道，接著自己縱身跳入了棺材裡。

我們在不遠處看著這一系列眼花繚亂莫名其妙的景象，面面相覷。

老五一驚，「古小娃兒，你看到張泉沒？那小子剛剛就不見了。」

我的臉陰沉下來，隨之回復了平靜，苦笑道：「看來跟著我們進來的冒牌劉娃兒和張泉，這兩傢伙都不是什麼好東西。全都是假冒的！」

「是李欣。」秦思夢指著一個朝棺材猛撲過去的身影說道：「假冒張泉的居然是李欣。她易容術哪裡學的，居然那麼像！我根本沒發覺。」

「都不簡單。」我搖頭，突然改變了主意，「我們走吧。李欣似乎也對那撮頭髮感興趣。咱們沒湊熱鬧的資格。躲遠遠的，看他們狗咬狗。」

李欣這個和我同系的女同學，真不知道她有什麼奇遇。不但設計謀殺了神秘組織的養屍人，居然還有膽量去奪那團神奇的頭髮。

只見李欣窈窕的身影一搖擺，完全不猶豫的也跳入了棺材中。

一時間棺材震動得更加厲害了。

直到我們下了七陰祭台後，那驚天動地的震動才稍微平靜下來。而流水般流出的猶如黑洞的頭髮，再次縮了回去。轉眼間就消失得無影無蹤。

「看來勝負已分，有人已經奪到了頭髮。」我皺著眉頭，用沙啞又緊張的聲音道。

沒多久，一個身影從棺材裡跳了出來。那黑影有著長長的頭髮。髮絲如同黑洞，不光在吸收光線，甚至在我們的眼睛中形成了一道黑濛濛的殘像，根本令人無法看清楚。

黑影的腦袋一甩，頭上的髮立刻分成了七束，無聲的刺入棺材旁七個黑衣人的身體中。不過幾秒鐘時間，壯碩的黑衣人，便被吸成了乾屍。

「是李欣贏了。」秦思夢臉色陰晴不定，說不清心裡是什麼感受。作為女人，她有種挫敗感。

李欣，似乎莫名其妙突然間就強大的變態了。

我眯著眼睛，心裡也是忐忑。棺材上的李欣奪走七塊天書殘片後，突然用長髮當作腳，幾步來到了我們跟前。

她沒有說話，又是長髮一揮，竟然就這麼離開了。

離開時，遠遠一句話傳了過來，「小古，我很欣賞你。沒有你在人皮書中加的料，我也不可能贏。所以看你的面子，我不殺你們。那撮陳老爺子的頭髮，已經附在了我身上。因為頭髮的力量而產生的詛咒，自然也沒了。

「你們，好自為之！」

話音剛落，整個大豐神陵墓，都搖晃起來。電視中小說裡，只要打完大Boss，就一定會出現的主場景崩塌的狗血事件，真實的落在我們幾個倒楣鬼身上……

尾聲

我們四個好不容易才找到路，在大豐神陵墓崩塌前逃了出來。眨眼的工夫，那件可怕的事已經過去了一個多禮拜。看似一切都平靜了下來。詛咒沒了，身體也輕鬆了。可是心底深處，仍舊有一股難以言喻的不痛快感。彷彿有那麼一塊石頭，依然壓在內心的某一塊柔軟地方，沒有移開。

老五叔跟我們告別後，留下聯絡方式，便回到了自己的家鄉創業。他說再也不漂泊了，準備將人工種植蘑菇的技術借用老祖宗的辦法進行再次開發，以此開創張莊新一代，規模化種植無法種出的超級好吃蘑菇。

雖然隨著大豐神陵墓的崩塌，縈繞在張家莊那塊世代相傳的蘑菇養殖場中的超自然力量全都瀉光了，應陰氣而生的血頭菇再也無法種出來，但是古人的智慧放到現今還是很難理解。

老五有信心種出另一種血頭菇。說不定他是真成功了。因為不久後，這老東西真的寄了一箱模樣和血頭菇差不多的玩意兒過來。但是我卻完全不敢吃。

而歪貨法醫孫喆，這隻死猴子用自己的積蓄在春城郊外買了一塊小墓地，將趙雪的屍體好好的安葬。

下葬那天，只有三個人。

我、秦思夢和猴子站在趙雪的墓前，久久沒有說話。天空，下起了淅瀝瀝的小雨，將我們的肩膀打濕，猴子臉上全是水。分不清是雨水，還是淚水。

「猴子，結果你還是把你老婆帶回來了。」秦思夢見氛圍死寂，適時開口打趣。

「就是你們這些害人精，一口一個你老婆、你媳婦的喊。弄得我都不好意思不管了！」猴子伸出手，終於摸在了墓碑上，「哥子還是處男啊，真的是處男啊。沒想到居然會給一個女人立墓碑。唉，真是搞不懂老子究竟在想啥子！以後被我真正的老婆看到了，她肯定要跟哥子一哭二鬧三上吊！」

「得了吧，趙雪是個好女人。哪怕是具死屍，也救了你好幾次。她跟你冥婚，是你上輩子修來的福氣。」我撇撇嘴，拍了拍他的肩膀。

大豐神陵墓中的那一撮頭髮被李欣搶走後，整個春城的天空似乎也明朗了許多。所有因為那撮長髮而出現的詭異現象，一掃而空。

但這輕鬆弄得我老是不自在。人啊，就是這種犯賤的生物！

「走吧，走吧。」猴子抹了把臉，向遠處走了幾步。可只走了幾步而已，他突然回過頭，又一次看向趙雪的墓碑。

「小雪，下輩子投胎，一定要找個好人家。不要像這輩子那麼苦了！妳是個好女人，如果活著，肯定是個好媳婦。

「可惜，我們相見太晚了！」

我們在小雨中離開了墓園。冰冷的雨裡，趙雪的墓碑被打濕，只留下碑上新鮮的刻痕。

「孫喆之妻，趙雪墓。

「享年，21歲。」

出了墓園，猴子就跟我們分道揚鑣。自己坐秦美女的車回市區。看著窗外不斷飛閃的風景，我腦子裡仍舊縈繞著許多的疑問。

陵墓崩塌，可是這些疑問，卻一個都不少的殘留了下來。

背後的神秘組織究竟是什麼？他們為什麼要在背後設計我和秦思夢？一直以來，我猜我倆說不定是打開大豐神陵墓的關鍵。可是事實證明，根本不是那麼回事！

而，李欣為什麼能取走那撮頭髮？她將那些頭髮插到頭上後，又消失去了哪？李欣為了活命不擇手段，或許她這輩子都會遭到那神秘組織的追殺吧。畢竟，她搶走了不該搶的東西。

自己又花了好長時間的調查，根據大豐神陵墓中的古老記載，確實在民俗學的檔案中，發現了一些相關的隱秘資料。

是關於陳家墓穴的。

據記載全國各地都有陳家墓穴的陵墓分佈，可是關於這個墓葬，所有的記載都語焉不詳。自古以來，每一次陳家墓穴的發現挖掘，都會引起巨大動盪。

也是，那個叫做大豐的男人，只不過是在某個陳家墓穴中找到了一撮頭髮，就能引發那麼多超自然現象，甚至得到了超自然的神秘能力。兩千年前四川當權者不惜犧牲上百萬人的性命來鎮壓他的屍骨。

可想而知，陳家墓穴究竟有多可怕。

據說每個陳家墓穴都深深隱藏著，還有許多沒被發現。而每個墓穴中埋藏的都僅僅只是陳老爺子的其中一塊屍骨。

那個陳老爺子，究竟是誰。如此大能者，為何被分屍掩埋？為何他這樣的人物，甚至沒有在中國的歷史上有過任何記載。只有野史中，才偶爾有他的陵墓被挖掘後，造成的可怕傳說。

不知道。我也沒興趣知道了。這次事件能夠清楚的看出，任何想要靠近陳家墓穴秘密的人，都需要以生命付出代價。

而我，只是個很愛惜小命的小人罷了。

「秦美女，那晚在月光下，妳看到的詛咒是什麼？」還有一個疑問，既然都已經撥開雲霧見日出了，我覺得自己還是試著問問。似乎吃了血頭菇被詛咒的人，在月光下看到的詛咒都不太一樣。

秦思夢搖了搖腦袋，臉色變了幾變，「我不想說。」

我沒有勉強，只是喃喃道：「我的詛咒挺奇怪的。我看到一個女人的身影，窈窕漂亮，但是卻帶著致命的危險。她張開手，毫無感情的一點一點的接近我的脖子，掐斷了我的喉嚨。」

當初我以為這詛咒預示著某種接近的危險。那個女人的身影便是詛咒的主體，當它掐斷我脖子的時候，就是我詛咒發作之時。

可現在回頭想想，總覺得有哪裡不太對勁兒！

這更像，是一種既視感。彷彿在夢裡，又或者在哪裡，同樣的情況出現過好幾次。

哪怕是大豐神陵墓倒塌後，詛咒解除。那個影像仍舊在腦子裡盤旋不去。

我，有種不祥的預感。

「詛咒解除後，我在月光下已經什麼都看不到了。」無論秦思夢在月光下看到了什麼，總之那絕對是她的噩夢。甚至稍微提及，這自信堅強的女孩，也是渾身發抖。

她的情況，跟我不同。

坐順風車回市區後，我在出租屋外下了車。秦思夢和我都沒有說再見，雖然這次經歷讓我們很接近，但是兩人心裡明白，我們各有各的活法。說不定在學校裡見面，也會刻意不打招呼吧。

唏噓著，微微有些失落的我走入電梯。

當自己到達出租屋所在樓層時，突然整個人都愣了。我的房門打開著。心裡猛地「咯噔」一聲，不祥的預感更加強烈起來。

自己摸了摸手槍壯膽，小心翼翼的踏在門檻上。

一個白衣如雪，冰冷默然的絕美臉孔出現在，眼前。

看到她的一瞬間，自己的整個世界，都崩塌了！

The End

夜不語作品 07

鬼骨拼圖103：雲崖凶地

國家圖書館出版品預行編目資料

鬼骨拼圖103：雲崖凶地 ／ 夜不語 著.
— 初版. — 臺北市：春天出版國際，2016. 03
面； 公分. —（夜不語作品；07）
ISBN 978-986-5607-11-1（平裝）
857.7 104027789

ISBN 978-986-5607-11-1
Printed in Taiwan

作者 夜不語
封面繪圖 Kanariya
總編輯 莊宜勳
主編 鍾靈
美術設計 三石設計

出版者 春天出版國際文化有限公司
地址 台北市信義區信義路四段458號3樓
電話 02-7718-0898
傳真 02-7718-2388
E-mail story@bookspring.com.tw
網址 http://www.bookspring.com.tw
部落格 http://blog.pixnet.net/bookspring
郵政帳號 19705538
戶名 春天出版國際文化有限公司
法律顧問 蕭顯忠律師事務所
出版日期 二〇一六年三月初版
定價 170元

總經銷 楨德圖書事業有限公司
地址 新北市新店區寶興路45巷6弄6號5樓
電話 02-8919-3186
傳真 02-8914-5524

夜不語
詭秘檔案

夜不語

詭秘檔案